人、立ち枯れず

目次

「しんぶん赤旗」二〇〇九年十月二十六日付～二〇一〇年三月二十八日付連載

人、立ち枯れず

第一章　一月の雨

　雨の気配をとじ込めた、市ケ谷の地下道の階段を上ると、タイルが敷かれた舗道にははげしい雨脚がしぶいていた。溝口遼一はその篠突く雨の中に身をさらすのを少しためらってから、手に持っていた大きな傘をひろげた。

　この半月ほど晴れた日が続いていたが、ひさしぶりに激しい雨が降っていた。関東甲信越地方では、早朝から初雪を観測し、それが午後から少し気温が上がって冷たい雨に変わった。明日からの三連休は、大荒れの天気となりそうであった。

　ゆるやかな坂を上って、交差点を渡ると、七階建てだろうか、八階建てだろうか、有名予備校のそそり立つようなビルの壁面が正面にみえ、左側の奥に赤と白の二色に塗られたテレビ塔が、どす黒い雨空を突き刺すようにそびえたっている。連なる店のネオンの光が、したたるように雨に濡れていた。

　退勤時間だったせいか、傘を差した会社員風の男女が通りを急ぎ足で歩いていた。少し早目に家を出たので、遼一は雨の中をゆっくりと歩いた。

　久しぶりの外出であった。いつも近所に出かける時はダウンジャケットを身にまとっていたが、今日は紺色のオーバーコートを着ていた。差した傘に吹き付ける雨がコートにかかって白い雨滴がしたたっていた。

「商工会館」というくっきりと浮き彫りされた文字がみえて、遼一は目ざすビルが近いのを感じていた。その建物の角を右手に曲がると、こじんまりとしたビルの前に、「教育予算をふやしてゆきとどいた教育を」というスローガンを横腹に書いたマイクロバスが止まっていた。

遼一は傘をたたんで、そのビルの入り口を潜った。

入り口右手に二基のエレベーターがあり、折しも一基が扉を開けていた。遼一は急いで、そのエレベーターに乗った。

背後に人の気配がして、ふりかえってみると、一人の男が駆け足でエレベーターに乗るところであった。

「やあ、久しぶり」

男はにこやかに笑って、遼一に声をかけてきた。今夜、東京私教連の「二〇〇九年新春のつどい」の会に彼と同じように出席するはずの片桐であった。都心にある共敬女子学園を退職していた。遼一よりも二、三歳年上なのに若々しく精悍な風貌が印象的であった。

「ご無沙汰しています」

遼一は頭を下げた。片桐と会うのは、東京私教連が開催する「新春のつどい」に招待された時と退職者の年次総会に出席する時の二度ほどであった。しかし、片桐に対しては、遼一は特別な思いをもっていた。それは、職場は違ったが、二人とも若い時に解雇撤回闘争をそれぞれたたかい、職場に復帰したという体験をもっていたからであった。

「お元気ですか」

遼一が片桐にきくと、片桐はおだやかな表情で、

「まあね、ぼちぼちやっているよ」

と答えた。

エレベーターはどこにも停まることなく、七階のホールまで一気に昇った。扉が開いて片桐が先に降りた。

ホールには長い机が二つ置いてあって、数人の組合員が受付をしていた。

「ご苦労さまです」

若い男性の組合員が二人に向かって、明るい声で挨拶をした。

「じゃあ、また後で話をしよう」

といってから、片桐は知人をみつけたらしく、「よう」と右手を大きく挙げて、その方に歩み寄った。

遼一は、受付の用紙に名前を記入して、コートを脱いでから、会場の中に入って行った。退職教員の座席は、会場の中央あたりにあった。他の現役の組合員たちの席は、未だ空席が目立っていたが、遼一が向かった先は、すでに満席になりかかっていた。ここだけはいかにもこの会への期待が溢れている気配であった。

「明けましておめでとうございます」

遼一は誰にともなく周囲の人たちに挨拶をし、舞台を背にして座った。まわりの人たちはいずれも顔見知りであった。

舞台の背後の壁には、「東京私教連（東京私立学校教職員組合連合）二〇〇九年新春のつどい」と大書された墨筆の文字が張り出され、あとで余興がおこなわれるのだろうか、舞台の上には和太鼓がいくつか並んでいる。

片桐がゆっくりとした足取りでやってきて、空いていた遼一の席の隣にどっかりと腰をおろした。

「おれもそのうち後期高齢者の仲間入りになってしまうよ。いよいよ人生の正念場だよ」

片桐がいった。静かな表情だった。

「ああ、お互いにそうですね」

「うん、老いはまったくっていいほど感じないんだけどね。しかし、もうそうもいっていられないかな」

「不思議な感覚ですよね。老いの感覚というのは。自分ではまったく年をとったとは思っていない。でも、街なんかを歩いていて、ふとショーウインドーに映った自分の姿をみて、ぎょっとするんですよね。そこには紛れもなくひとりの老人が映っているんだから。本当に嫌になってしまいますよ」

「ああ、そうだね。そんな感じだね。やっていることは、自分なりにまああの生活をしている。しかし、これからは年と共にそうもいかないかもしれないね」

といいながら、片桐はにやっと笑った。

「あ、そうそう、実は今年の正月は若い人と同じような体験をしたんだ」

「なにをしたんですか」

遼一がきき返すと、片桐はうれしそうに表情を崩した。

「いや、大したことではないんだがね。息子と二人で出かけたんだよ、元旦の日に」

「息子さんとですか。どこにですか。もちろん初詣でってわけでもないんでしょう」

「まさか、そうじゃなくて、日比谷公園にだよ」

「ああ、年越し派遣村ですね」

「そう、珍しく息子にさそわれて行ってみたんだよ」

「それはすごいですね。息子さんはおいくつになられたんですか」

「三十八歳。未だ独身。やっぱり派遣なんだよ。幸運にもいまのところ〈派遣切り〉にもあっていないんだが」

「ボランティアに参加されたんですか」

「もちろん。カンパ登録の支援を一日中やってきたよ」

「へぇ、すごいなあ。片桐さんはあのメディアで報道された年越し派遣村にいたんですねぇ」

遼一は感嘆の声をあげた。路頭に放り出された人たちが全国から五百人も集まり、それを支援しようとするボランティアがのべにすると数千人の規模になったと報道されていた。驚くべき連帯の輪になった。

「おれは久しぶりに自分が首を切られた時のくやしさを思い出したよ。彼らもつらかっただろうな。住むところも取り上げられてしまったんだからな。それにしても本当にひどいことをするもんだ」

片桐は改めて怒りの気持ちをぶつけるようにいった。

「私も自分自身が首を切られた時の切なさを思い出しました。でも、今、起こっている出来事は、あのころよりもすさまじく、深刻なんじゃないでしょうかね」

遼一はずっと以前の自分の気持ちを思い出しながらいった。

「さすがの厚生労働省も世論に配慮して、一時しのぎの措置にしろ、管理していた講堂を一部宿泊所として提供せざるをえなかったんだから」

「そうですね、驚きましたね。厚生労働省の副大臣が〈あの現場をみたら助けないわけにはいかないだろう〉といったとか」

「いや、それだけじゃないよ。厚生労働省の幹部が〈厚生労働省の目の前で凍死者が出たら、内閣が吹っ飛ぶ〉といったとかきいたよ。それがテレビのニュースで報道されていたよ。つまり、ものすごい分厚い世論が背後から支えていたと思うよ」

「そうですね。明らかに何かが起こっていたという状況でしたからね」

「これは、大変な時代になっていく序章にすぎないのではないかと思っているよ」

その時、ドン、ドン、ドンと勇壮な太鼓の音が鳴り響いた。

舞台の方を振り返ると、法被に鉢巻きをしめた中年の女性たちが、四人、それぞれの太鼓をたたき始めていた。いよいよ私教連の「旗びらき」が開始されたのである。

気がつくと、会場はほぼ満席となり、全体から大きな拍手が沸き起こった。

二人の人たちが、急ぎ足で狭い通路を通って、退職教員のまだ空席になっていた椅子に座った。それでその中央の席はいっぱいになった。

「よう」

と、片桐が遼一の肩越しに右手を挙げて、今入ってきた二人に合図を送っている。二人ともかつて東京私教連争議団の一員としてたたかったことのある元組合員であった。

遼一はふと、茫々とした歳月の流れを意識した。彼が東京の下町にある私立女子高校を定年退職してから、すでに十一年が過ぎていた。

定年退職の時、職場の中には組合員は、遼一ひとりとなっていた。

全体として百人ほどの教職員が在職していて、一九六八（昭和四十三）年には、組合員が三十六名になった。しかし、経営側の激しい切り崩しに合い、十六名も解雇され、五年半後職場復帰したのはたったの五名であった。その後一人やめ二人やめして、ついには組合員は遼一ひとりとなった。それが、一九八九（平成元）年四月のことであった。

それから定年退職まで十年、その退職の日の出来事のあれこれを、遼一はいまでも不思議な鮮明さで記憶している。

講堂でひらかれた全校生徒を対象とした離任式では、慣例となっている別れの挨拶をする機会を与えられなかった。

その代わり学園理事長が演壇に立ち、遼一に対する謝辞を述べた。理事長は「溝口先生の古典の授業は、貴女たちもよく知っているように実にすばらしいものだった」と繰り返した。彼としては、遼一の同僚たちへの影響力を最後まで阻止するためには、本人に挨拶をさせたくないやむを得ないやり方であったに違いない。

その異例の離任式が終了したあと、生徒たちにまじって講堂から職員室にもどりながら、いく人かの同僚たちからひそかなコメントが寄せられた。

「挨拶させないなんて、本当にひどいですよね」とぽつりと感想をもらしたのは、若い男の英語の教師であった。「溝口さんのことだから、決して学校の批判なんかせず、立派な離任の挨拶をしただろうにね」といったのは、古参の体育教師であったし、「この際だから、溝口先生からは辛口の挨拶がききたかった」とささやいたのは、中年の理科の女性教師であった。

東京私教連二〇〇九年の「旗びらき」は、若い組合員を中心に、熱気をはらんでトントン拍子で進行した。

東京私教連委員長の新春の挨拶、副委員長の乾杯の音頭、全国私教連、東京地評、父母の会、弁護士などの招待客たちのスピーチが終了して、毎年行われるささやかな景品を準備してのビンゴゲームを山場に、大きな盛り上がりをみせていた。

最後に、四人の女性たちが再び登場して、和太鼓の乱れ打ちが披露され、すべての行事は終わった。

会場のあちこちから、退場する人たちの姿が目立ち始め、遼一も帰ろうと思って立ち上がった。

その時、隣に座っていた片桐がひょいと振り返って、きいた。

「溝口さん、今日急いで帰るの」

「いや、別に、予定はないけど……」

「じゃあ、ちょっと喫茶店にでも寄っていかないか。酒はいいから、珈琲でも飲もうよ」

「ああ、いいよ」

二人は周囲の退職教員の人たちに軽く挨拶をして、早目にエレベーターに乗った。

会館の外に出ると、雨は相変わらず激しいふきぶりをみせていた。本当に珍しい冬の嵐であった。

「すごい雨だな」

片桐は遼一を振り返って呟くようにいうと、傘をバサッと差した。

二人はテレビ塔の前の大通りにでてから、すぐ左手にある〈セピア〉という喫茶店に入った。

二重になった入り口の扉を潜って店内に入ると、ほっとするような暖かな空気が流れていた。

二人は店の中央にある、数人の客が座っているカウンターを巡って、いちばん奥のボックス席をとった。

すぐにYシャツに洒落た黒いチョッキを着た若い男が注文をききにきた。

「珈琲、モカを」

片桐は珈琲通らしくいった。

「わたしは、ブレンドを」

遼一がいった。

「かしこまりました」

若い店員は丁寧な口調で答えて、すぐに奥に引っ込んだ。

片桐は運ばれてきたお冷を一気に飲み干すと、

「家族の皆さん、お元気なの」

ときいた。

「ああ、まあまあですね。ただ一人娘がなかなか結婚しなくて困っています」

「娘さんはおいくつになられたの」

「四十歳」

「そうか、それはちょっと心配かもしれないな」

と片桐はいった。

「でも、いまどきの若者は結婚がおそいのはごく普通だからな。年越し派遣村に一緒に行ったうちの三十八歳の息子も結婚のケの字もいわないよ」

「それは男の場合でしょう。うちのは娘だから……」

「それはそうだが、おれたちの場合だって、たまたま結婚できたということもあったんだから、大丈夫だよ」

「片桐さんは、まだ争議団だったころのことを思い出しますか」

遼一はさりげなく話題を切り替えた。

「ああ、もちろん、思い出すよ」

片桐は精悍な頬をさらにたくましく引きしめていった。

「だって考えてもみろよ。これまでの人生であれほど緊張をしいられる体験があっただろうか。おれが首を切られたのは一九六二年のことだったけど、まさに東京私教連の解雇撤回闘争のたたかいの火ぶたがきられた、そのとっかかりの闘争だったんだぜ。いまでいやあ、派遣切りに対するいすゞ自動車や、日産ディーゼル、大分キヤノン、マツダ自動車など、闘争の性格はまったく異なるけれども、非常に重要なたたかいが続いている。一九六二年のそのはしりにわれわれがたったということだったからな。もう五十年近くも前の出来事だけど、いまでもどきどきするよ」

「たたかいの規模や性格はまったく違うけれど、解雇ノーという回答を出させたわたしたちのたたかいを思い出させるものがありますよね」

「おれはまだ首を切られた時、結婚したばかりでさ。妻も収入がまったくない男と結婚したというわけだから、大変だったよ。覚えてるかい。あのころ、私教連から争議団の一人一人にいくら財政支援をしていたか」

「よくおぼえていますよ。月三千円でしたね」

「その通り。でもそうだとするとどのように生活できたか、ちょっと想像できないな」

「いまでもうちには夫婦の間の語り草として、つたえられていることがあるんですよ」

遼一は久しぶりにその話題に触れた。

「なに」

「それはね、私が解雇された時、妻の夏海がいった台詞があるんです」

「うん」

「経済的なことについては、この際、私にまかせておいてねっていったんですよ」

「すげぇ。そんなこといわせたのか」

「いわせたんじゃないですよ。妻の考えでいったんですよ。つまり、彼女は男女は平等だということを主張しただけなんです。特別に驚くような言葉ではなかったんですよ」

「でも、奥さんのその言葉は名台詞というべきだな。そういう姿勢が我々のたたかいをしっかりと支えてくれたということだよな」

片桐はそっと呟くようにいった。

黒いチョッキのウエーターが、珈琲を運んできた。

「どうぞ、ごゆっくり」

二人に告げて、ウエーターは素早く店の奥に消えた。

「そういえば、あのころよくオルグのあとなどに喫茶店に入ったよね」

といいながら、片桐はおいしそうに珈琲を飲んだ。

「そうでしたね」

遼一は、片桐は珈琲がよほどすきなんだなと思った。

「しかし、最近になって思うんだけどね。あのたたかいを最後まで貫くことができたのは、自分だけの力ではないということなんだよ。あのころはおれも自惚れが強くて、このたたかいはおれが支えているんだという思いがあったんだけど、いまになって考えてみると、それは大きな勘違いなんだって思うよ」

「私も時々思うことがあるんですよ。それはね、たたかいの最後まで残ったということへの誇りのようなものなんですけど、つまり定年退職まであの学校に残れたのは私ひとりだったんです。考えてみると、それはたまたまそうなっただけであって、たたかいのそれぞれの場面場面で、身近な周囲の人たちがしっかりと支えてくれていたということなんですよね。それを自分ひとりの力でたたかうことができたと考えていたのは、間違いだったと最近思っているんですよ」

「ああ、そうだね。そういう風に考えるべきだと思うね」

「つい最近、知ったことなんだけど、私が定年退職したのは、一九九八（平成十）年の三月なんだけど、その前年、妻が勤めていた高校の教員を辞めてるんですよ。それは偶然のことだと考えていたんですけど、実はそうではなかったんですよ。妻は、延べ三十数年という長い私のたたかいを最後の年まで全うさせるために、私より一年早く自分は退職したと、ずいぶん後になってもらしていました。私はそうした彼女の深い思いまで気づかなかったんですよね」

「へぇ、いい話だねぇ」

片桐は唸るような声でいった。

妻の夏海はその時さらに付け加えたのだった。

「山登りだって、最後登りきる寸前がもっとも苦しいし、けがもしやすいでしょう。それと同じで、定年前の一年はあと一歩のところでこけてしまうということは珍しいことではないと思ったの。最後の一年はあなたをしっかり支える側にまわろうと決意したの」

夏海は淡々とした口調でその時そう遼一に告げたのだった。

遼一は古典の授業で教えたことのある『徒然草』の高名の木登りの一節である、〈あやまちすな、心して降りよ〉という木登り名人の言葉がふと脳裏に浮かんだのを思い出した。

「ところで、お宅の奥さんは今何か仕事をしているの」

片桐は興味深げにきいた。

「高校の教員を辞めたのが五十代半ばで、数カ月は特に仕事はしていなかったけど、その後友人に頼まれて、保育専門学校の非常勤講師を続けていますよ」

「失礼だけど、奥さんはいま何歳」

「六十五歳、もうすぐ六十六歳ですよ」

「がんばっているんだ」

「もともとは社会科を教えていたから、それに関係する科目を教えているようですよ。つまり、学生たちが社会に出て仕事をしていくうえで欠かせない、コミュニケーション能力に関することや社会生活上の常識を教えているときいています」

「なるほど」

遼一は授業の準備のために夜遅くまでパソコンとむきあっている夏海の姿を思い出しながら話した。

ウエイターが、お冷やのコップを取り換えて行った。

片桐は、そのコップの水をゆっくりと飲み干してから、また、次のようにきいた。

「専門学校の時間講師というのは、定年があるの」

「いや、その学校はないようですよ。高齢の講師も勤め続けているときいています。理事長が九十歳を超えていて、自分より年下は皆若者と考えているということです」

「いまどき、そんな学校もあるんだ」

「ずいぶん古い学校だそうですが、学生のための教育は行き届いていてね。就職率はほとんど百パーセントに近いそうですよ」

「こんな時代にね」

「大学を出てから資格を取るためにきている学生も毎年、何人かいるということでした」

「へえ」

「片桐さんのところの奥さんは何か仕事をされているんですか」

遼一は思い切ってきいてみた。昨年の退職者の年次総会の時の自己紹介で、病気がちであることをちらっと耳にしたことがあったからだ。

「ああ、妻はね、一昨年の春ごろ、ちょっと患っていてね。一時、どうなることやらと心配したが、今のところは回復して何とか家事をやっているよ。専業主婦だね。そんなこともあって、息子にはできるだけはやく結婚してほしいと思っているんだ。いい女性がいたら紹介してもらえるとありがたいと思っている。もっともこればっかりは、親がどうこうするってわけにもいかないからね。年齢もすぐに四十歳だから、それに仕事も派遣社員では、なかなか難しいだろうね」

「私の娘も今年で四十歳ですよ。息子さんは男性だから、少し違うと思うんですが、我が家はもっと深刻だと思いますよ」

「この時代の急激な変化の中で、いまの青年たちがやり場のない閉塞感を感じて、追い詰められた気持ちでいるのがよく分かります」

遼一は一言一言噛み締めるようにいった。

「若いころの私たちには、首は切られていたけれども、それを乗り越えられるという希望がどこかにあった。必ず職場にもどるといった確信に近い夢があった」

「確かにそうだったね。一時は東京私教連争議団には、六十人を超える人たちが結集していたんだよね」

「そうでしたね。毎年暮れには、伊豆の民宿に集まって年間総括会議を開いていましたっけ」

「ああ、そうだった」

片桐は当時を懐かしむようにいった。

「おれたちは、あのたたかいの中で、解雇撤回というのは、ただ単に切られた首を元にもどすだけではなく、失われた教育を子どもたちのもとに返していくたたかいであることを、再認識していた。結局おれたちのたたかいは三人首を切られ、二人復帰するという結果に終わったが、いまでも、おれたち三人の教師を取り巻いて守ってくれた千人を超える女生徒たちの熱い思いを感じるよ」

片桐は四十余年前の時代をしみじみと思い返しているようだった。

「そのあとに、私たちのたたかいも続いたということだったんですよね」

「そうだね」

「そうした状況の中で、解雇撤回闘争を続けることができた私たちは、本当に幸せだったと思いますね。それにくらべると、時代が変わったとはいえ、〈派遣切り〉や〈期間工切り〉が堂々とまかり通っている、この時代の異常な過酷さに対しては、強い憤りを感じますね」

遼一は興奮気味にいった。

「ああ、そうだね。派遣社員の息子のことを考えても、そう思うね。いつ首にされるか分からない状況なんだから……。息子が親父をさそって元旦の日比谷公園に出かけたのも、そんな危機感があったからだと思うね」

「片桐さんとこの息子さんっていうのは、ノンポリなんですか」

「ああ、そうだよ。しかし、最近はえらく政治に関心持っていて、彼の机の上で、『蟹工船』を見かけたよ。ちょっと驚いたよ」

「実は、娘も政治に関心を持っていますね」

「じゃあ、遅くなるから、今日はこの辺にしようか。今年は東京私教連も六十周年の年になるから、レセプションをやる予定なんだ。また、そのころには、みんなと会うことができると思うよ」

「そうですね。それまでお互いに元気に生きていきましょう」

「ああ、そういうことだね」

片桐は椅子から立ち上がりながらいった。

カウンターでそれぞれ料金を払って、喫茶店を出た。相変わらず雨は、篠突くように降りしきっていた。

少し傾斜している大通りの舗道にはひたひたと雨水が流れ、靴は濡れ始めている。二人は黙々とJR市ケ谷駅への道を急いだ。JRの駅舎に入って傘を閉じると、二人とも全身びっしょりと濡れていた。

「じゃあ、おれは中野だからここで別れる」

「それじゃあ、今日はご苦労さま。私は北千住方面だから、地下鉄から御茶ノ水に出て帰ります。また、お会いしましょう」

片桐は右手を挙げて、遼一に別れの挨拶を送った。灰色のコートの背をみせて、人混みで混雑している改札口を通り、ホームへの石段をゆっくりと降りて行った。

遼一は、地下道への入り口から通路を通って地下鉄新宿線の改札口をSuicaで通過した。

下り電車のホームには、時刻が遅くなったせいもあって、乗客はまばらであった。すぐに下り電車がやってきた。遼一は、目の前で空席になった座席にすぐに座ることができた。旗びらきの新春のつどいで飲んだ酒の酔いはもうとうに消えていた。車内にはむっとするような暖気が漂っていた。

新宿線小川町で千代田線の新御茶ノ水駅に乗り換えた。この線に乗り換えると、遼一はいつも我家にもどったようなほっとした気分になるのだった。

最後尾の車両に空席があったので、彼は再び座ることができた。前の電車が人身事故にあったとかで、車両は停車していた。彼は、いちばんはずれの座席のひじ掛けに寄り掛かって、少しうとうととした。

遼一は珍しく夢をみていた。それは三十三年間も苦闘をしいられた学園の夢であった。

五時限目のチャイムが鳴ると、いつものように小脇に古典の教科書をかかえて、壁際の自分の席から立ち上がった。

彼はすれ違う女生徒たちを追い抜いたり、追い越されたりしながら、これから彼が目指す教室へと歩いて行った。教室は五階のはずであった。

ところが、遼一はこれから向かう教室が何組であったかをふいに失念してしまったのだ。彼は無人になった廊下に立ちすくんだ。

もう一度職員室にもどって、その隅にあるボードをみなおしてこなければならない。もし、そんな姿が校長や教務主任にでもみられたらどんなことをいわれるだろう。遠くの廊下から誰かが近づいてくる。校長ではないだろうか。そんな夢をみた。いつもみる夢であった。心も凍るような夢であった。そこで彼はふと目覚めた。

電車内には、これから発車するという駅員のアナウンスが流れていた。間もなく電車は動きだした。

第二章　草笛乃苑

一月半ばから澄みきった蒼空がひろがっている。もう一週間も続いているだろうか。とりわけ今日は、朝から雲ひとつなく抜けるような蒼空なのである。

こんな日は北陸地方はもうちらほら雪が降っているかもしれない。溝口遼一は、妻の夏海の故郷の氷見市を思い出していた。氷見市は富山県の北西部の有磯海を望む漁港の町である。

彼は黒いセーターに茶褐色のダウンジャケットをはおって、玄関のたたきに降り立った。頭に深く、草色の毛糸の帽子をかぶっている。足元は黒いウオーキングシューズで固めた。いつもの彼の散歩スタイルである。

時刻をたしかめるためにチラッと腕時計の文字盤を眺めた。午後三時三十分過ぎだった。いつもの時間だと思った。

玄関の扉を開けると、おもいがけず、ふいに冷たい風がふきつけてきた。午前中は、のどかな暖かい光がふんだんにふり注いでいたが、午後になってどうやら気温が下がり、風向きも変わったようであった。

遼一はこのごろ、玄関前のタイルの上に妻が二カ月程前から置いていたダンボールの箱の中をのぞき込むようになっていた。そこには、毛の長い猫が餌をもらおうとしてじっとうずくまっていた。この猫がはじめてこの家の庭に姿をみせたのは、三年程前の寒い冬の日であった。

「この猫には、飼い主がいたと思うわ。じゃないとこんなに人に懐かないもの」

遼一が最初その姿を見た時、ヨレヨレのモップのような毛並みだったので、〈ヨレヨレ〉と呼んだが、

「そんな名前はかわいそうすぎるわ」

といって妻はヨレと名付けていた。玄関戸脇にダンボールを置いて、餌をやっていた。

「飼ってやってもいいでしょう」

灰色と白の毛の長い、人間で例えると明眸皓歯といえる猫だった。多分、お金で買った猫にちがいなかった。それが何らかの事情で飼い主が引っ越すことになり、放置されてしまったのだろう。玄関前のタイルの上にはヨレの姿はなかった。

「また、でかけたな」

と遼一は呟いた。行き先は少し先の古い空家の塀の上と決まっていて、そこで半日も座り続けていた。ヨレの飼い主が以前に住んでいた家だろうなと彼は勝手に思っていた。

妻は二階にいたが、いつものように玄関の鍵をかけて、風にカタカタとなっている門扉を開け、アンツーカーの張られたアプローチを歩いて舗道に出た。

相変わらず午後の光はさんさんと射していたが、吹き抜ける北風が大気のぬくもりを奪って

いるのだった。

遼一はダウンジャケットの襟を立てて、すぐ近くの児童公園の方へ歩き始めた。児童公園には、寒さのためか人影はまばらであった。ベンチにはよくグラウンドゴルフをやっている年配の女性が二人、深刻そうな表情で座って話をしていた。公園の周辺を囲繞するように植えられている桜の木が、折からの強風にあおられて、小刻みに枝をふるわせているのだった。

遼一は、児童公園の角を曲がって高台の方に向かう、いつもの通い慣れている散歩コースはたどらずに、そのまままっすぐ商店街の方へと足を踏み入れた。

いまの住所に新築の家を構えてから、もう十七年になるが、そのころはまだ、若葉台銀座商店街は活気に満ちていて、店がつぶれるなどということは想像もできなかった。

しかし、このところ十数軒の商店がシャッターを下ろしてしまっている。二軒あった八百屋と酒屋はそれぞれ二つとも廃業し、肉屋も魚屋も豆腐屋も文房具屋も店を閉めた。

とりわけ、昨年九月、アメリカの大手証券会社のリーマン・ブラザーズが破たんして以降の不況は、この小さな商店街の多くの店を廃業に追い込んでいる。

そういう状況の中で辛うじて営業を維持しているのは、商店街のほぼ中央にあるスーパーくらいのものである。

そのスーパーの前にあった評判のよかった洋菓子店は、建物を取り壊し、駐車場に変わってしまっていた。

遼一はその角を左に折れて、舗道に沿って大きな園庭をもった幼稚園のある通りに出た。右側には花屋があり、その数軒先には一軒だけ残った古い酒屋が並んでいる。道はなだらかな坂道になっている。

相変わらず冷たい風が、地べたを這うように吹きつけてくる。遼一は次第にきつくなってくる坂を登りながら、今日は散歩をやめればよかったかもしれないと思った。

右手に折れ曲がるわき道のはずれから「……月の沙漠をはるばると、旅のラクダが行きました」という、もの哀しい童謡が風に乗って切れ切れに流れてきた。いつもこの近辺を走っている灯油販売の軽トラックが、拡声器から、「月の沙漠」を流しながら、ゆっくりとした速度で遠くから姿をあらわしてきたのだった。

急坂の途中の大きなマンションの前には、すべり止めのために煉瓦色に塗られた坂道が、続いていた。その坂道の上から右手を眺めると、そこには、色とりどりの累々とした屋根がひろがっていた。この土地に建っている住宅地は、この時間帯には人のいる気配など少しも感じさせないで、ひっそりと静まり返っている。

厚手のコートの上にマフラーをまいて、犬をゆっくりと散歩させている老人とすれちがった。

坂を下りきった道を左に曲がり、小さな石の橋を渡ると、正面に急な石段がみえてくる。その手前の右側には養護施設があった。遼一はそこを通るたびにふと母の入所している老人ホームが頭をよぎった。石段をのぼりきると、急坂の大通りにでるのだった。

急勾配の坂が左から右に走っていて、そのいちばん登りつめたところに、鉄の幅ひろい巨大な門が舗道に向かって開いているのだった。そこにはこの地域でよく知られている私立大の付属中・高等学校の正門であった。下校時間が始まっているらしく、灰色の上着とタータンチェックのスカートを短くはいた女子生徒たちが、それぞれ数人のかたまりになって、校門から路上にあふれ出ていた。

遼一は解雇を撤回し、定年まで勤めた女子高校のことを思い出した。こんな下校風景を毎日のように校舎から見ていた日々があったことを懐かしく思った。女学生たちを横目でみながら、急坂をゆっくりと下って行った。

学校の隣には、同じ経営の幼稚園があって、その長く続く白壁には、子どもたちと動物の絵が戯画化されていきいきと描かれていた。とうに幼稚園児たちは帰宅したらしく、幼稚園の門はひっそりと閉ざされていた。

また、坂は登りへと変わった。

正面の坂の上の空には、風にふきちぎられたような一片の雲が浮かんでいて、だいだい色の太陽がぼんやりと輪郭をとかして、いましもマンションの陰に沈もうとしていた。

頂上の交差点からゆるやかな坂をくだり、右手に小さな公園が見えるところで左に折れ住宅地の中のくねくねと曲がった道を、大通りへとめざした。右に「食品館」という大きなスーパーがあるところが、その出口である。

大通りには、車が数珠繋ぎで渋滞していた。

この商店街は、遼一が住んでいる街のそれよりも活気があって、なだらかな坂をくだると駅前広場の商店街ともつながっている。

国道を横断する交差点でしばらく足止めをくった。

信号が変わって、澄んだ音色のチャイムが鳴り始めると、遼一は横断歩道を渡った。

それから車で混雑している駅前広場を横断すると、彼は帰路についた。広場の向こうの飲み屋の提灯がそろそろ赤くともされるころであった。

「駅前そば」の店の角を曲がって、線路際の金網の前にいならんだ自転車の駐輪場の前をわが家の方角へ彼は背を丸め、急ぎ足で歩いた。

線路の向こうの、いく層ものマンション群が、残照の映えた薄暮の中に屹立していて、いずれも明るい灯をともし始めているのだった。

時折、轟音をたて風を巻き上げて、常磐線の上り下りの電車が立て続けに、遼一のそばを通過していった。

遼一が自宅にもどった時、もうすっかり夕闇が迫っていた。ヨレは相変わらずいなかった。

彼はズボンのポケットから鍵を出して、玄関の扉を開けた。

ウオーキングシューズを下駄箱にしまってから、玄関に隣接するリビングルームに入った。

その部屋には妻の姿はなく、台所から水の流れる音とガラスの触れ合う音が響いてきた。

彼はリビングと台所の間の暖簾をくぐって、

「外、冷えてきたよ」

と声をかけた。

水を流す音がとまり、夏海がリビングルームに姿を現した。

「ずいぶん時間がかかったわね。待っていたのよ。あなたが散歩にでかけてからすぐに、草笛乃苑の鈴本さんから電話があったのよ。お義母さんの体調が悪いから、来て下さいということなの。あなたが近くに出かけているので帰り次第行きますからといっておいたから」

「困ったな、これからやる仕事があるんだ」

「そんなことといったって、行かない訳にはいかないでしょ。あなたの親なんだから」

遼一をせき立てるような口調でいった。夏海はすでに出かける準備を整えていた。そういう連絡がきた時には、自分のしなければならない仕事を中断して出かけるのが常だった。

「あなた、心配じゃないの。ともかく早くいきましょうよ。戸締まりはきちんとしたわよ」

遼一は重い腰を上げて、玄関の鍵をかけ、車の助手席に乗り込んだ。外はすでに真っ暗になっていたので、車はライトをつけて走った。二十分ほどで草笛乃苑に着いた。六時少し前だった。すぐに夏海は苑の玄関脇に車を停めた。夏海に続いて遼一が車から降りた。苑はひっそりとしていた。

夏海に続いて遼一が玄関に入り、左側の靴置きの三和土で靴を脱いで、苑のスリッパに履き替えた。

玄関ホールの左手の事務所で働いている、顔見知りの年配の女性事務員に軽く挨拶をしてから、右奥の大型のエレベーターに乗って二階に向かった。

二階の広いホールでは、ちょうど夕食が始まったところであった。十ほどの大きなテーブルが置かれていて、四、五人ずつの老人たちが食事を始めていた。いつも母の清が座っている席は空席であった。

「お義母さん、いないわね。高熱でもあるのかしら」

夏海が心配そうな口調でいった。それに対して、遼一は不機嫌な表情で、

「いつものことだと思うよ」

と呟いた。

「お義母さんは九十歳を超えているのよ。そんな言い方しない方がいいわよ」

老人ホーム草笛乃苑ができたのは十五年前であった。母の清は入所してから二年ほど経っていた。草笛乃苑は六十人の利用者を抱えていた。清はユニットケアのための個室が十室増設された時に、入所したらどうかと以前担当していた民生委員に声を掛けられた。体調を崩して、ショートステイをした際に入所申し込みをしてあったという事情もあった。

「あのホームは出来た時からしっているし、同じ町内で、この家の周囲と空気が同じだし、知り合いの人たちも何人か入っているから、私が入所するとすればあそこのホームしかないとおもっているんだよ」

と右大腿骨骨折で二カ月以上も入院した後、心細くなった清が遼一と夏海にいったことがあった。その時の清の本心は別なところにあったと遼一は思っている。

「お母さん、そんなこと言わないで、僕たちと一緒に暮らそうよ」

という言葉を期待していたと考えている。しかし、これまでの紆余曲折した経緯から清の期待する言葉を遼一は掛けられなかった。清は他の子どもの誰かとは一緒に住んでもらえないとあきらめていたが、長男であった遼一夫婦とならば、まだ、何とかなるかもしれないという淡い期待をもっていたことを言葉の端ばしににおわせていた。

「溝口さん、先程はお電話で失礼しました」

介護主任の鈴本が近寄ってきて、二人に声を掛けた。

「こちらこそ、すみません。ご迷惑をおかけしています」と夏海は鈴本に頭を下げた。

「いえね、清さん、お昼はお元気でお食事もいつも通りにされたんですが、三時のおやつの時間になってもホールに姿が見えないものですから、お部屋にいきましたら、目をつぶったまま、〔苦しい、苦しい〕とおっしゃるんです。それで看護師に血圧や脈をはかってもらったんですけど、特に異常はないということでした」

入所してからの付き合いの中で、鈴本は清の訴える体調不良を治す一番の薬は家族と会わせることだと考えていると遼一は思った。

「一応、水分補給をしてお部屋で安静にしてもらっています」

どういう訳か清は鈴本を自分の昔からの知り合いと思い込んでいたのだった。

清が遼一にささやいたことがあった。

「あの人はね、昔からの知り合いでね。私の家の近くに裁縫を習いにきていたんだよ。とても性格のいい娘さんだったんだよ。その人とここで再会できて本当にうれしいよ」

そう語った時の清の目はいきいきと輝いた。本気でそう思っているのがよく分かった。

「それじゃあ、お部屋の方へいらしてご本人の様子を見ていただけますか。よろしくお願いします」

鈴本は専門家らしい口調でいった。

清の個室に入って行くと、右の壁側にベッドがあり、そのうえで眉根を寄せ、いかにもつらそうな表情で、横になっていた。薄赤い照明が室内を照らしていて、その光が痩せた清の頬骨に暗い影を落としていた。

部屋はベランダに面しており、ガラス戸の内側には障子がはめこまれていた。衣類を収納するための、四段の引き出しがついた小さな箪笥がベッドとは反対の壁側にあった。ベッドの足元には、椅子の型のポータブルトイレが置いてあった。

「清さん、息子さん夫婦がいらっしゃいましたよ」

鈴本はやさしく清に話しかけてから、

「それじゃ、よろしくお願いします」

と遼一と夏海にいって部屋から出ていった。

「お義母さん、どこか痛いの。私の声きこえる。きこえたら返事してくれる」

夏海が清に声をかけた。

「ううん」

という、うめくような声が、清の口からもれた。それでも、清はしっかりと両目を閉じていた。

「お義母さん、どこがつらいの」

夏海が再度きいた。

「ううん、目があかないんだよ」

と清はいった。

「じゃあ、ちょっとまっててね」

夏海は、タオル類と書かれた箪笥の引き出しから薄手のタオルを取り出して、部屋の前の廊下のすぐ近くにある洗面所に行ってお湯を出してタオルを絞った。

それから部屋にもどってくると、その温かいタオルで清の顔を丁寧にふいた。目やにがこびりついていた左目をとくにしっかりとふいた。

「お義母さん、どう、左目をちょっと開けてみて」

清は夏海のいうことに応えようと、懸命に左目を開けようとした。

「あ、開いた」

と清はいった。

「じゃあ、右の方も開かないかなあ」

「右の方だね」

清は左目と同じように右目に力をいれていた。

「あ、開いた」

「どう、両方の目であたしの顔を見てくれるかな」

夏海が清にいうと、

「うん、見えるよ」

「誰か分かる」

「夏海さんだよ」

「よかったわ。見えて」

と夏海はいって、ベッドの側につっ立っていた遼一に清の顔をふいたタオルを黙って渡した。そしていった。

「あなた、お湯で洗ってきてくれる」

遼一はタオルを受け取って、部屋から廊下に出た。タオルを洗って戻ると夏海がいった。

「一階の自動販売機で、パックに入ったリンゴジュース、買ってきてくれない」

清が果物の中でリンゴを特に好んで食べていたのを夏海はよく知っていた。

遼一は食事中の老人たちの間を通ってエレベーターに乗り、一階の事務所の前にある自動販売機の前まで行った。一階のホールには人影はなく、事務所にも誰もいなかった。リンゴジュースを三個買って、部屋へもどり、夏海に渡した。

「私たちの分も買ってきたのね」

夏海は一つの紙パックにストローを差し込んで、清の頭を枕ごと少し持ち上げるようにして口元に近づけ、ストローから飲ませた。

清は相当、喉が渇いていたらしくごくごくジュースを飲んだ。清はすっかり飲み干すとほーっとため息をついた。

「ああ、おいしかった。リンゴジュースは甘さが柔らかくて飲みやすくて、身体にもよいから大好きだよ」

清は満足したように、夏海を見上げた。

「ところでお義母さん、おなかが空いたんじゃないの」

「少し空いた気がしてきたよ」

「あなた、夕飯のことちょっとホールできいてきてくれる」

「鈴本さんにきいてみるよ」

遼一は面倒くさそうに部屋から出て行った。

しばらくすると、キャスターのついたワゴンにのせた夕飯を若い男性のヘルパーが運んできた。その後ろに遼一がついてきた。

「どうもすみません」

夏海がいった。

「ここに置いていっていいですか」

「あとは私たちでやりますから」

男性は、部屋を出ていった。

「お義母さん、夕食きたわよ」

清の身体を起こして、ベッドに座らせて、まず、スープをスプーンで飲ませた。清はおいしそうにスープを飲んだ。それから、夏海は湯気の立っているご飯を同じスプーンで口元に運んだ。清は小鳥が親からエサをもらうようにいろんなおかずを少しずつ大きな口をあけて食べた。

「少し残っているけどよく食べたじゃない」

清は、ずいぶん元気になったように見えた。

「そういえば、明子が近いうちにおばぁちゃんに会いにいくからって、電話でいっていたわよ」

「そうかね、わたしは明ちゃんが大好きだよ。なにしろやさしいからね」

明子は遼一たちの一人娘だった。

清には長女に男の子の孫が二人、次男に男の子と女の子の孫がいた。それに明子と五人の孫たちがいた。それらの孫たちの中でも年を取ってからは特に明子をかわいがっていた。

「明子は四十歳になったのよ」

「そうかね。明ちゃんに最初に会ったのは、まだ三歳前だったけど、私はあのころのことをよーく憶えているよ」

「そう」

「明ちゃんはかわいい盛りだったね。戦争直後のことだけど、栄養失調で亡くなってしまった周二が私のところへもどってきたのかと思ったよ」

実は、明子は遼一とは血の繋がりはなかった。夏海が遼一と再婚し、養子縁組をしたので、彼の養女になっていた。だから、清とも血の繋がりのない義理の間柄であった。

遼一が夏海と結婚することが決まった時、清は明子と初めて会ったのである。その時、清は長男と夏海の前でいった。

「神様が私にくださった子供だという気がする。明ちゃんは女の子だけど、あのころの周二にそっくりだもの。どうして、大事な周二を神様は私から取り上げてしまったのだろうと、あの当時は苦しくて長い間泣きくらしたもんだよ。でも、結局は明ちゃんにして返して下さったんだと思うと、神様は私をお見捨てにならなかったと信じれるもの」

清はその時、明子をやさしくしっかりと抱きしめたのである。

清は大学で神学を教えていた父親の影響でクリスチャンになり、熱心に日曜日ごとに教会へ礼拝にかよっていた。

「お母さん、ぼくは仕事があるから帰るよ。大丈夫だよね」

「ああ、もう元気になったから心配ないよ。いろいろ世話になったね。夏海さん、ありがとう」

「私は仕事休みだから明日また、くるわね」

二階から一階へのエレベーターの中で鈴本に会った。鈴本はにこっと笑っていった。

「何事もなくて安心しました。よかったわ」

「いろいろお世話になりました。義母の気持ち、よく分かるんです。ですから、時々、発作のようにあんなふうになると思っています。でも、これまでのいろいろな出来事を考えると、こちらにお願いするしかないんです」

エレベーターは一階に着いたが、降りた後も話が続いた。

「ここに入所されている皆さんは、それぞれのいろんなご事情を抱えていらっしゃるんですよ。清さんのように、ご家族にお願いするとすぐに来て下さる場合ばかりじゃないんです。ご本人が入所されてから、一度も顔を見せて下さらないご家族もいます。人には話せない様々な事情があるということなんでしょうか」

「そうですか。鈴本さんの話をきいて、大変な仕事をして頂いていること、改めて分かりました。これからもよろしくお願いいたします」

遼一と夏海は深々と頭を下げた。

翌週の日曜日は朝から快晴で、珍しく風もなく穏やかな日であった。

「今日、お義母さんのところに行ってみない。もしかしたら、明子にも会えるかもしれないし」

「そうだね。天気もいいし」

草笛乃苑に着いたのは、一時少し過ぎていた。夏海がいったように、明子が来ていた。

「ついいましがたお昼ごはんを食べおわったところなの」

「近いうちに、おばあちゃんのところに行くときいていたから、もしかしたらと思ってきたのよ。タイミングよかったわ」

　夏海がいった。

「パパ、元気そうじゃないの」

「まあまあだよ」

「おばあちゃん、今日はしっかり食べたよ」

「そう、この間ちょっと体調崩したけど、元気になって、よかったわ」

「おばあちゃんには元気でいてもらわないと困るのよ」

「何かあるのかい」

「私の結婚式にはぜったいに出てもらいたいもの」

「明ちゃん、誰かいい人がいるのかい」

「いないわよ」

「これから探すのかね。だったら私が出るのは難しいかもしれないね」

「だから、おばあちゃんには長生きしてもらいたいの」

「じゃ、私は百歳位まで生きないと明ちゃんの結婚式には出られないわけかね」

「そうだよ。だからがんばって生きてね」

「はやくいい人みつけてよ。頼むよ。明ちゃんの花嫁姿見てから、天国にいきたいものだよ」

　遼一は清と明子の会話をききながら、明子の結婚について考えた。夏海も本人しだいだからと放っておいた結果、四十歳になってしまった。本人は仕事をしているし、いつもそのうちと軽く考えすぎていたように、このごろは親として、まずかったなと思い始めていた。

「おばあちゃんのこの部屋広いね。私のワンルームマンションより広いよ」

「明ちゃんはそんなに狭い所にすんでいるのかね」

「それでも、家賃は月に七万円もするのよ」

「じゃ、明ちゃん、おばあちゃんとここに一緒に住んだらいいよ」

「そんなことしたら、おばあちゃんが追い出されるかもしれないから、だめだよ」

「そのうち、私が広いマンションを買うからその時はおばあちゃんと一緒に住もうよ」

「それはいい考えだね。今から楽しみだね。明ちゃんの好きな料理一杯作ってあげるよ」

遼一は清が血のつながらない孫の明子と一緒に住むことなど、話だけにしても考えたことはなかった。

「明ちゃんはいくつになったんだったかね」

「おばあちゃんにいってなかったっけ」

「このごろ何度きいても忘れてしまうんだよ」

「四十歳だよ」

「えっ、嘘だろう。おばあちゃんには二十いくつかにみえるよ」

「うれしいな、そんなことをいってくれるのはおばあちゃんだけだよ」

「でも、ほんとうにあんたは若くみえるね。顔もなかなか奇麗だし、まだまだ結婚あきらめることないと思うね」

「あきらめてはいないんだよ。でも、なかなかいいひとにであわないんだよね」

「おばあちゃんはいくつで結婚したの」

「二十歳だったよ。英語専門女学校出てすぐに、おじいちゃんとお見合いしてね」

「そうだったんだ。おばあちゃんは英会話できるんだものね」

「女学校でアメリカ人の先生たちに教えてもらったからね。英語の勉強するの大好きだったよ。塾で子どもたちに英語教えた時はたのしかったよ」

「おばあちゃんは学校の先生になっていたら、人気のある先生になったと思うよ」

遼一は清とそんな話をしたことはなかったが、自分の人生を家庭の主婦としてだけで終わってしまったことを心のどこかで悔いているのではないかと思った。清は夏海のように学校の教師として働きたかったのかもしれなかった。草笛乃苑に入所したころ、若いヘルパーの何人かに英会話を教えているときいたことがあった。

「私は働いているけど、事務の仕事なので、そんなに楽しくないんだよ。でも、この不況の時代に正社員で働けているだけでも恵まれているとは思うんだけど、何だかこのままいくとつまらない人生になってしまうような気がして、とても寂しく思うんだよ。おばあちゃんはどう思うかな」

「そうだね。明ちゃんの気持ち、とてもよく分かるよ。おばあちゃんの年ではどこも働かせてくれるところないと思うんだけど、ちょっとでも働かせてもらえたら、どんな仕事でもうれしいと思うよ。好きなことだけをやっていけるのは、とても幸せなことだけど、なかなかそうもいかないね。やらなければならないことを黙々と続けていると、いつか少しは楽しいと思える時がくると思って、ずっと生きてきたからね」

「そうなんだ。おばあちゃんもいろいろがまんしてきたんだね。私は苦労がたりないのかもね。よく考えてみることにする」

遼一は明子がこんなに素直に人の言葉に耳を傾けている姿を初めて見た。夏海のいうことにはいつも反抗的であった。

「ちがう、ちがう、ママには私の気持ちが分かっていない。もう、ききたくない」

といつも明子は話をうちきってしまった。

第三章　大きな家族

昭和が平成になる三年程前、遼一の自宅に一本の電話がかかってきた。うとうとしていた遼一に、夏海の話す声がきこえた。

「はい、溝口です。どちら様ですか、あ、お義母さん、遼一さんに代わりますね」

と夏海がいった。それから、すぐに、

「あなた、お義母さんから電話よ」

と遼一を呼ぶ声がきこえた。遼一は立ち上がり、玄関の下駄箱の上にある電話機のところに行った。そして、受話器を受け取った。

「お母さん、どうしたの急に」

「いまあんたの家の近くの駅の改札口にいるんだよ。悪いけど迎えに来て欲しいんだよ」

「びっくりさせないでよ。迎えには行くけど少し、時間かかるよ」

遼一は受話器を置いて、面倒だなと思いながら、でかけるために上着を羽織った。腕時計をみると、一時を少し回っていた。遼一はそばに立っていた夏海に声をかけ、

「おふくろがそこの駅まできているというんだ。迎えに行ってくるよ」

「え、おばあちゃん、駅まできてるの」

明子は自分の部屋から出てきて、身支度をしている遼一に向かってきいた。

「これから自転車で迎えにいくんだけど、明子も一緒に行くか」

「いいよ。ママ、私も自転車でいいでしょ」

「もちろんいいけど、気をつけて行ってね」

二人は玄関の重い鉄製のドアをバターンと閉めて出ていった。

遼一の後に明子が続いて駅の改札口にむかった。

母の清は二人の姿を見つけると挙げた手を大きく振った。

「ここだよ。早かったね。もっと待つかと思ったよ。明ちゃんもきてくれたんだね。ありがとう。日曜日に来て悪いと思ったんだけど、ちょっと話したいことがあってね。教会の帰りなんだよ」

と清がいった。

「お父さんはどうしたの」

「教会の近くで、私とお蕎麦を食べた後、碁の仲間の人をよんでいるからといって急いで家にかえっていったよ」

「前に一度来たことあったんだけど、道がよく分からないので電話したんだよ。悪かったね」

「そんなことないよ。おばあちゃんがきてくれてうれしいよ」

明子はいかにもうれしそうにいった。

清はビニール袋からちょっと顔を出しているメロンを持っていた。遼一は黙ってその袋を手に取り、自転車の前籠に入れた。

スーパーの前の通りは日曜日のせいもあって、大勢の人たちが歩いていた。その間を縫うように二台の自転車を引いて、三人で遼一たちの住むマンションに向かった。休日のためか、家族連れが多かった。

六月に入って、雨の日が多かったが、その日は珍しく晴れていた。

七、八分歩いて遼一の住むマンションに着いた時、三人とも少し汗ばんでいた。

「駅から大変だったでしょう」

夏海が清に自宅の入り口で声を掛けた。

「前にきた時はもっと遠い気がしたが、話しながらきたせいか、ずいぶん近く感じたよ。駅前の商店街賑やかだねぇ。やっぱり東京はちがうね。川一本挟んでいるだけなのに、人が多いんだね」

「お義母さん、のどかわいたでしょう」

といって、夏海はジュースを入れたコップを食卓の三人の前に置いた。

「夏海さんこれリンゴジュースでしょう。私はジュースの中ではこれが一番好きでね」

「そうですか、よかったわ。そういえばお義母さんは、食後よくリンゴ食べてましたね」

清の母親は青森出身で、小さいころからリンゴほど身体にいい果物はないとこどもたちに話していたと遼一はきいたことがあった。

清からあずかったビニールの袋のことを思い出して、玄関先に置いてあったその袋を母の清に渡した。

「これ、つい二、三日前に近所の人からいただいたメロンだよ。ひとつ食べてみたらとってもおいしかったから、残りのひとつを持ってきたんだよ」

「豪華なお土産だね。こういうのが本当のメロンでしょう。ママがたまに買うプリンスメロンとは違うよね」

「そうね。結婚式の時ぐらいしか食べられないね。よく冷やして、後で皆でたべましょう」

「お義父さんの目の調子どうですか。あの目の手術はうまくいったんですよね」

「そのことなんだけど、目に合わせて作ったはずの眼鏡がどうも調子がよくないっていうんで、また作り直してもらったんだけど、やはりうまく合わないみたいなんだよね」

「でも、碁はうてるんだろ」

「碁盤の石だけはみえてるのかな。このごろはあまり歩かなくなってしまったんだよ。前はよく二人で散歩に出かけていたんだけどね」

清はそのころのことを懐かしく思い出しているようだった。白内障の手術をしてからは足元が見にくくなっているようだともいった。ちゃんとした病院で検査を受けさせた方がよいのではと夏海がいうのを遼一はきいたことがあった。

「一度、精密検査を受けたらどうなんだ」

「そうだね、素人判断では、どうしようもないことだし、後で後悔するのも厭だしね」

「じゃ、その時は遼一、一緒について行ってくれるかね」

「ぼくは大変な職場だから、なかなか休めないんだよ。だから、その時は夏海に一緒に行ってもらったらどうかな」

「夏海さん、お願いしていいかしらね」

「お義母さんは、眼科のいい病院、どこかしっているところあるの」

「手術をしたのは個人病院だからね。大学病院の眼科のようなところが、検査するにしても一番いいような気がするんだけど」

「遼一さんは忙しそうだから、私がいい病院を探してみます」

夏海は実家の高齢の両親の面倒をよくみていたので、病気や病院の医療に関する情報をよく知っていた。

「いい病院みつかるよ。おばあちゃん」

そばできいていた明子がやさしくいった。

「夏海さんは実行力があるから、いい病院探してくれるよ。それに車も運転できるし、車で行くこともできると助かるよ。お父さんは車に乗せてもらうのが大好きだからね」

清は息子にいろいろ相談にのってもらいたかったが、遼一は面倒くさいことを嫌がった。

清はそういってから明子に話しかけた。

「明ちゃん、いま高校生だよね。学校の方はどうなの。難しい高校みたいだけど、勉強の方大丈夫そうかね」

「うん、皆すごく勉強できるよ。私は真ん中ぐらいかな。私の中学から入ったのは二人だけなんだよ。ママはクラブに入らないで勉強一筋でやりなさいっていうんだけど、それじゃつまらないから、バレーボール部に入ったんだよ」

「そうなのよ。運動系のクラブの練習はとてもハードで、毎日夕方遅く、疲れきって帰ってくるから、もう勉強どころじゃないの」

「やりたいことをやるのが一番だよ。落第だけはしないようにすればいいと思うよ。おばあちゃんは」

「やっぱり、ママよりおばあちゃんの方が話がよく分かるね。落第しない程度の勉強はするつもりだから大丈夫だよ」

明子は祖母に向かっていった。

「ところで、今日は遼一と夏海さんに相談があってきたんだよ。きいてくれるかね」

清は改まった表情で切り出した。

「お義母さん、どうしたんですか」

と夏海がきいた。

しばらく間を置いて、清は言葉を繋いだ。

「実は、お父さんのことなんだけどね」

「お父さんがどうかされたんですか」

「うん、お父さんの様子がちょっと変なんだよ」

「変てどんなところが」

と遼一が尋ねた。

「夜中に急に起きて、足に蛇が巻きついていて困るといったり、ものの値段が分からなくなっていたりするんだよ。この前、近所の人がきた時にお父さんの腕時計をみて、その人が高価なものなんでしょうねといったら、二円ぐらいのものですから大したものではないですよと答えたんだよ。私は冗談かと思ったら、それが本気だったんだよ」

「親父はいくつになったの」

「今年が昭和六十年だから、この七月で八十歳だよ。私とは八つ違いだからね」

遼一は父親が八十歳ときいて、もう、そんな年齢なのかと思った。黙っていると、

「それでお義母さんはどうしたらいいと思われているんですか。高齢になると、いろんな症状が出ることがあるようですよ。ものすごく物忘れがひどくなる場合もあるというし」

「お父さんもそうなんだよ。たまに食事をしたことも忘れてしまっていて、昼食はまだなのかといったりするんだよ」

遼一は相変わらず黙っていた。出来ることならかかわり合いになりたくないと思った。

「老化が原因なら、病院に行ったたってしょうがないと思うし、本人がそんなことで病院へいくことを納得しないだろうと思うんだよ」

「あんまり思いがけない話なのですぐにどうこう言えないね。夏海はどう思う」

「私もどう考えたらいいか分からないわ」

「それでね、困り果てて教会の牧師先生に相談したんだよ」

清の話によると、牧師はこのまま二人で生活するのは大変だろうから、教会のかかわっている老人ホームが千葉県の富津にあるので、そこに入所させたらどうかといったというのである。牧師のお義母さんも高齢で寝込み、あちこち近くの老人ホームを探したが見つからず、結局は奥さんが自宅で付きっ切りで面倒をみていた。しかし、その奥さんも疲労で介護ができなくなり、富津の老人ホームに入所させる話を進めているということであった。

「それで、遼一の意見をききたくて今日はきたんだよ。それに、その富津にある老人ホームを見てきたいんだが、できたら遼一と夏海さんにも一緒に見てもらいたいんだよ」

遼一は離れて住んでいたせいもあって、親たちがいつまでも元気でいるように思い込んでいた。母親の清がそんな悩みを抱えているとは夢にも考えていなかった。自分は長男だったが、両親の面倒をみなければならないとはあまり考えていなかった。

「富津というのはずいぶん遠いところなんでしょう。そんなところにおじいちゃんが入ってしまったら、めったに会えなくなってしまうよ。そんなの寂しいよ」

明子が強い口調でいった。

「まだ、おじいちゃんがそこに入ると決まったわけではないんだから」

夏海は明子をなだめるようにいった。

「私もそんな遠くの老人ホームにおじいちゃんを入れたいわけじゃないよ。だけど、いまのままでは毎日が不安で仕方がないんだよ」

「お義母さん、不安でしょうね。お気持ちとてもよく分かります」

「お姉ちゃんや治にもよく相談してみたらどうだろう。何かいい知恵があるかも知れないよ」

「今日のところはこれで帰るよ。家にはお父さんだけしかいないし、これから夕飯の支度もしなくっちゃならないしね」

「お義母さん、田舎から送ってきた蒲鉾だけどお父さんに食べさせてあげて」

といって、夏海は冷蔵庫から真空パックされた蒲鉾を二本、ビニールの袋に入れて清に渡した。

「この昆布で巻いた蒲鉾は、お父さんの大好物だから、喜ぶと思うよ」

そういいながらも、清は気ぜわしそうに玄関に向かった。

「お義母さん、駅まで車で送りますから」

清は遼一と明子に挨拶し、夏海と連れ立ってマンションの駐車場へ向かった。

遼一が、時計を見ると、午後四時を少し回っていた。間もなく、夏海がもどると思っていたが、夏海はなかなかもどらなかった。

「ママ、ずいぶん遅いね。もしかしておばあちゃんの家まで送って行ったんじゃないの」

「あのママのことだから、そうかもしれないな。でも、そうだとしたら、電話ぐらいくれたっていいのに」

その時、電話が鳴った。遼一が出ると、

「私だけど、結局、お義母さんを家まで送ってきたの。今、お母さんの家にいるの。これから帰るから、少し遅くなるかもしれないわ。今日は日曜日で道がずいぶん空いていたのよ。だから、帰りもそんなに時間がかからないと思うわ。夕食のおかずは何か途中で買って帰るから」

「ねえ、やっぱりそうでしょう。ママのやりそうなことだと思ったわ。いつも思うんだけど、ママはすごく人に親切な気がするの」

遼一は明子のいうとおりだと思った。そんなにしなくてもと考えるほど、夏海は周囲の人たちに対してやさしかった。本人はそういうことには、あまり気付いていないようだった。

自分にとってたいしたことでなくとも、相手が助かることならばできるだけのことをしてあげたいと夏海がいうのを遼一は何度か聞いていた。そんな時に続ける言葉があった。

「私ができる程度のことは大したことではないとよく分かっているんだけど」

遼一は夏海のそういうところを評価していたが、余計なことをしすぎるように感じることもよくあった。しかし、遼一がどう考えようとも、夏海は自分のペースで人と付き合っていた。

夏海には友人が多かった。

それに比べて、遼一は人のために何かするということはあまりなかった。夏海のように行動できなかった。

「長男の遼一が夏海さんのような優しい人と一緒になったことを、本当によかったとお父さんとも話しているんですよ」

ある時、義母の清がしみじみとした口調でいったことがあった。

「おふくろを家まで送ったんだって、夏海が疲れたんじゃないの。ほどほどにしないとこちらが倒れちゃ、大変だからね」

車だからそこの駅まで送って行くのも、一気に家まで送って行くのも、大した違いはないと考えたのはいかにも夏海らしい考え方だと遼一は思った。

「お義母さんとても喜んでくれたのよ。無事に送り届けられてよかったわ」

「私もそれでよかったと思う。おばあちゃんが途中で何かあったらと思うと心配だもの」

明子は、ほっとしたようにいった。

母の思いがけない話をどうしたものかと思いながらも、遼一はどうこうしようという考えはなかった。姉の澄子や弟の治に何とか考えてもらうのが一番よいと思った。自分は毎日の教師としての生活に追われていて、それどころじゃないと思っていた。

夏海は八十歳と七十二歳になるという義父母の年齢に驚くと共に、自分たち家族のことを考えた。

「そうね。明子がおばあちゃんに最初に会った時は、まだ、三歳前だったのが、もう高校生なんだから、その分、おじいちゃんもおばあちゃんもわたしたちも年をとるはずよね」

明子は頷きながら、珍しく母親の話を素直にきいていた。

遼一は夏海に話しかけた。

「親父を富津の老人ホームに入所させるという話について夏海はどう思ったかな」

「私はお義父さんをそんな島流しみたいな、遠くの老人ホームに入れるなんて話は全く考えられないと思ったわ」

たとえ夫婦二人一緒だってそんなことはできないと思っていると夏海は言い切った。教会の牧師ともあろう人が、よくそんな提案を義母にしたもんだと思うといった。

「あの牧師は、母が特別に信頼している人なんだよ。だから母の信頼に応えようとして、そういう意見をいったんだろう」

「お義母さんに、姉さんや治さんはどんな意見をいうのかしら、親のことなんだから、本気で考えてくれないと困るわよね」

姉も弟の治も妙案は浮かばないと遼一は思っていた。親たちのことは、長男の責任だからと彼らはずっと以前からいい続けてきていたから、結局はボールはこちらに投げ返されてくるしかないと考えていた。遼一は夏海の言葉を繋ぐように語り始めた。

「姉は自営業で連れ合いの仕事を全面的に手伝っているし、住居も東京の西のはずれの方で離れているので、親たちの面倒をみることはできないよね。それから、治は勤め人だが、共働きで、まだ小さい子供が二人もいるから、とてもじゃないが、親の面倒どころじゃないというだろうね」

遼一は一言一言、自分を納得させるような言い方で話した。夏海は黙ってきいていた。

「お姉さんや治さんは、結局、長男であるあなたとお父さん、お母さんの問題だから、自分たちはかかわらせないでほしいという主張をするかもしれないわね」

と夏海がいった。

清は自分たちの老後は長男である遼一の責任だとずっと考えてきたように思っていたが、遼一はきょうだい三人で考えなければならない問題だと割り切っていた。その点では夏海の思いと遼一の考え方は少し違っていた。

「私たちが本気でどうすればいいのか、考えなければいけないんじゃないかしら」

「そうかな。ぼくたちだけで、責任をもつことができないんじゃないだろうか」

と遼一は夏海にいった。

一九八〇年代初頭、世の中は、異常な好景気に沸いていた。都会周辺部の地価が暴騰し始めていた。サラリーマンが家を建てるという展望が持てない程物価が上昇していた。一戸建てはもちろんマンションも高根の花になってしまっていた。生涯賃金が三億円といわれ、給料も毎年上がっていたが、それを大幅に上回るスピードで地価が暴騰していた。

住宅メーカーはこの危機をなんとしてでも乗り切ろうとしていた。その結果〈二世帯住宅〉という考え方を発案した。そして大々的なキャンペーンをあらゆるメディアを駆使して宣伝し始めた。

年老いた親をどのように面倒みていくかという課題を抱えたサラリーマンの間では、それは大変な共感をよび、夢のような解決策と考えられていった。

主に都市部に居住する親をもつ子ども世帯は〈二世帯住宅〉に飛びついた。

遼一は母の清が姉の澄子や弟の治にいつ、どういう風に連絡をするのだろうと思いながら、過ごしていた。しかし、どちらからも、何の音沙汰もなかった。

翌週の土曜日の夕方、澄子に電話した。

「お母さんから何かいってきたかな」

「つい二、三日前に、そういえば何がいいたいのかはっきりしなかったけど、長い電話があったわ」

澄子は直接実家に出かけるつもりでいるといった。遼一もその方がよいと考えたが、一応のことだけは話しておくことにした。

遼一は話を続けた。

「おふくろがこないだの日曜日に急にやってきて、何かと思ったら、お父さんを老人ホームにいれたいというんだ。理由はお父さんがもう八十歳で相当に手がかかる、ご飯を食べたことも忘れることがあるというんだ。ともかくかなりの物忘れやつじつまの合わないことをいうといっていたね。どうもそれが不安でしょうがないという話なんだが」

「電話くれた時、電話機のすぐそばに主人がいたので、あんまり細かい話ができなかったのよ」

ともかく、近いうちに澄子が向こうへ行って様子を見てくるといった。娘の自分の方が話しやすいのではないかとも付け加えた。様子をみてからまた、連絡すると約束した。

「その方がいいね。ちょっと遠くて大変かもしれないけど、よく話をきいて、お父さんの様子も娘の目で見てきてもらえると助かるよ」

「遠いといっても世田谷だから、一時間半ぐらいでいけると思うわ。帰りに遼ちゃんところへ寄ることにするわ」

「日曜日とか休日なら、だいたい、大丈夫だし、普通の日でも八時過ぎれば家にいると思うよ」

それからしばらくは清から何も連絡がなかった。また、姉の澄子からも何もいってこなかった。遼一も夏海も日常の仕事に追われて母の清のきたことすら忘れて過ごしていた。

「この間、おばあちゃんがきてからもう二週間たったね」

明子が夏海にいった。

「もうそんなにたったかしら、今日が土曜日だから、そういえばそうね。おじいちゃんどうしているのかしら、ねえ、あなた」

夕食を食べながら、夏海が遼一に声をかけた。

「あのあと姉にも電話で話しておいたけど、何もいってこないね。そのうちなんとかいってくるだろうから、いまのところはとやかくいわない方がいいと思っているんだ」

夏海も遼一の意見の通りでいいと伝えた。

「そうね。簡単には話がつかないかもしれないわね。姉さんも治さんもそれぞれの事情があるでしょうから。ただ、お父さんを富津の老人ホームに入れることだけはさせたくないと私は思っているのよ。明子もそうよ」

大変な問題になりそうなので、あまり、短い期間に大騒ぎすべきではないと考えていた。

翌日の日曜日、夕方、電話が鳴った。

「もしもし、澄子だけど。夏海さん、ご無沙汰しています。これからそちらに向かうんだけど、遼一さんいるかしら」

「あ、お姉さん、こちらこそご無沙汰しています。いま、お母さんの家からですか」

「そうなのよ」

「あなた、澄子姉さんから電話、いまお母さんとこにいて、これからこちらに向かうっていうの。ちょっと電話代わってくれる」

受話器を置いてから、遼一は夏海に、姉がこれからこちらにくるから、四十分後ぐらいに駅に着くと伝えた。電話がきたら、車で迎えに行ってほしいと頼んだ。遼一も一緒に行くというと、

「澄子姉さんの顔よく分かってるから、私一人でも大丈夫よ」

「でも、ぼくも行った方が向こうもほっとするんじゃないかな。澄子は大らかなようで、かなり細かいから」

夏海はでかける前に明子の部屋のドア越しに声を掛けた。

「明子、いるんでしょう。電話がきたら澄子おばさんを迎えに駅まで行ってくるから、留守番してててね」

「えっ、澄子おばさんがこれからくるの。珍しいわね。私はどこにも出掛けないから、大丈夫だよ。お湯を沸かしてポットに入れておいた方がいいでしょう」

まだ、外は明るい日曜日の夕方だったので、スーパー周辺は買い物客で込んでいた。空いている駐車スペースを見つけて、車を停めた。それから、店の中に入り、和菓子を買ってから急

いで駅の改札口へ向かった。

遼一と夏海をみつけて、澄子は手を振った。

「悪かったわね。わざわざ迎えにきてもらって、遼ちゃんたちのマンションまでの道、うろ覚えでちょっと不安だったの」

「日曜日でゆっくりしていたから、ちょうどよかったよ。遠いとこ大変だったね」

「今日、昼ごろお母さんたちの家にいったのよ。お母さんからいろいろ話をきいたわ。お父さんがそばにいたからさしさわりのないところだけ話しているうちに、お父さんが昼寝したのでそれからは、かなり詳しいことを話してくれたわ」

車の中で澄子は遼一にそんなふうに話した。

六月末で久しぶりに晴れた空が茜色に染まりはじめていた。夏海は黙って運転していた。

遼一たちのマンションは十二階建てでこの近辺では目だって高かった。澄子は遠目にそのマンションを見て、

「あそこでしょう。思い出したわ」

と車の中から指さした。

そのマンションの九階に遼一たちの住まいがあった。百戸以上の住居があり、一戸の住宅面積も八十へーベイはあったので、割と快適な住まいだった。

姉の澄子は、母からかなり具体的な話をきいてきたようだった。母の不安な気持ちがよく分かるといった。しかし、富津の老人ホームの牧師の提案にはまったく賛成できないと主張し

た。また、母が弟の治には、まだ、何も話していないようだったともいった。

遼一は姉の話をきいた後、夏海も同じ考えであることを伝えた。

「本当にどうしたらいいんだろうか」

「お姉ちゃんはどうしたらいいと思うの。何かいい考えあるかな」

「いい考えといえるかどうかわからないけど、あの両親があの年でふたりきりで生活するのはもう無理な気がしたわ」

遼一も夏海も黙っていた。

「ちょっといいにくいけど、遼ちゃんたちの家族と一緒に住むことができれば何とかやっていけるような気がしたんだけど、どうかしら」

姉の澄子がいいにくそうにいった。

「それはどういうことかな。あの古い家で、両親と僕たち三人が一緒に住むという意味なの」

と遼一は夏海の顔を見てから姉にいった。

「あの家で一緒に住むのはとても無理よね。最近テレビなんかで宣伝している二世帯住宅をあの土地に建てたら、一緒に住めないかしら。もちろんお金もかかることだし、大変だと思うけど」

遼一はお金のことはあまり心配していなかった。夏海と共働きをしているので、住宅ローンも組めると思っていた。ただ、自分たちが親たちと同居することについては簡単に同意できないと考えていた。

澄子は続けて次のようにいった。

「うちなんかの場合はか細い自営業だから、住宅ローンなんかとてもくめないけど、サラリーマンは年収がはっきりしているから、そういうこともできるわけよね」

「つまり、お姉ちゃんはあの古い家のあとに二世帯住宅をつくって、ぼくたち家族と一緒に住めば、お母さんたちが安心してやっていけるというふうに考えているのかな。でも、それは難しいと思うよ。夏海も働いているし、とてもお父さんの面倒はみられないよ」

遼一は澄子の一方的な提案に対して、理屈ではなく感情的に、それはちがうのではないかというふうに思った。

清はクリスチャンで常々、人は神の前で平等であるという考え方をもっていた。遼一に対しても、子どものころからきょうだいは平等であるといい、そのように教えてきた。だから、遼一が長男だからという理由で特別な待遇を受けたことはほとんどなかった。その当時の他の家庭では、親が老後のことを意識して、長男を特別扱いで育てる傾向があった。

「お母さんからいろいろ話をきいて、どうしたらよいのかとあれこれ考えているうちに、遼ちゃんたちと一緒に住めれば、うまく乗り切れるのではないかという考えが浮かんだということなのよ。今のところお母さんは元気だから、お父さんの面倒を夏海さんにみてもらう必要はないし、あそこからなら、二人とも職場に通えるんじゃないかしら。明子ちゃんの通学も可能な範囲だし。遼ちゃんが長男だから、親の面倒をみるべきだというふうに考えたわけではないのよ」

それまで黙ってきいていた夏海がいった。

「あんまり急な提案なのですぐにどうこうとは私はいえないんだけど、これから時間をかけて、遼一さんとよく話し合ってみたいと思うの。お姉さんの考えていらっしゃることやお気持ちはよくわかりましたから」

澄子は夏海の言葉に救われたような表情をした。改めて、夏海と母の清ならうまくやっていけるのではないかと思ったようだった。

その後、澄子は遼一たちと軽い夕食を共にして、八時前に帰った。

遼一が玄関のドアを開けた。

「お母さん、きたよ」

と言いながら、遼一は廊下の奥にあるダイニングキッチンに向かった。夏海はその後ろに続いて入った。奥から母の清が小走りに出てきた。

「いま、お父さんと夕飯を食べてるところなんだけど、もうすぐおわるよ。あんたたちは食べたのかい」

「お義母さん、わたしたちは駅の近くの蕎麦屋で済ませてきましたから」

清に続いて二人は廊下からダイニングキッチンに入って、それぞれ空いている椅子に座った。

「お父さん、久しぶりですけど、お元気そうですね」

「いらっしゃい」

父の慎治が大きな声でいった。

「お茶でも飲むかい。遼一の好きな梅久のお饅頭があるよ。私たちも食後に食べようと思っていたんだよ」

そういいながら、戸棚の中から包みを取り出し、中の饅頭を菓子盆に盛った。

夏海は急須にポットの湯を注いで、四つの湯飲みに茶を入れた。

「電話でいったけど、お姉ちゃんが家にきていろいろ話してくれたよ。お父さん、お母さんのことをとても心配しているのがよく分かったよ」

「一昨日、治が突然やってきたんだよ。澄子から電話があったといっていたね。それで、自分たちは共働きで子供たちも小さいし、これからのいろんなことは兄貴たちに任せるしかないと思っているということだったよ」

遼一は姉が弟の治に、自分の考えていることを、詳しく話したにちがいないと思った。

「お姉ちゃんと治の考えていることの具体的な内容がどうなのか、ぼくは直接きいてはいないんだがね」

という遼一の顔を清はちょっと緊張した表情で見ながらきいた。

「それはどういうことなのかね」

「お姉ちゃんはこの古い家を取り壊して、そのあとに二家族が住めるような大きな家、このごろはやりの二世帯住宅という言葉だったが、建てたらどうだろうかといっていたんだよ。そういうお姉ちゃんの言葉をきいて治も、ぼくに任せるしかないと話したんだと思うね。でも、ぼくたちはまだ、どうするか決めたわけではないんだよ」

遼一は姉の言葉を借りて清に説明した。側で夏海は黙ってきいていた。

「そうだね。いわれてみると、そんなに簡単な問題ではないかもしれないね。わたしはそういうふうになれば安心だし、お父さんもきっと賛成すると思っているけど」

父の慎治は食卓の椅子に座ったまま、居眠りをしていた。

そのあと、茶を飲みながら、遼一たちは世間話をした。父の慎治は、いつの間にかダイニングキッチンに続く和室に置いてある籐椅子に、ゆったりと座っていた。

「お母さんは英語の塾はやめたんだろう」

「最近はお父さんに手がかかってね。ずっと続けてやりたかったんだけど、思い切ってやめたんだよ。時々頼まれるんだけどね」

清は残念そうな口調でいった。近所の中学生の子どもたちに英語を教えている姿をみてきたのは、もう十年以上も前からのことであった。遼一は子どもたちに囲まれながら熱心に英語を教えている母の姿をみて、清のようにてきぱきと教えることができるならば、学校でもきっといい教師になっただろうと思った。しかし、清の若い時代には、とても考えられなかったのかもしれない。

その時、玄関のドアが開く音がして、しばらくすると、一人の普段着の和服をしゃきっと着た老女が、食卓のそばにやってきた。

「こんばんは。夕食は終わりましたかね。おじちゃんの好きなお菓子が、つい先程届いたので、もってきましたよ」

数軒先に住んでいる、遼一が子どものころから顔馴染みの内山久子だった。父の慎治と同年齢で八十歳だった。食卓の椅子に慣れた様子で座った。

「遼ちゃんたち、きてたの。夏海さんでしたね。お久しぶりです」

夏海は立ち上がり、笑顔で軽く頭を下げた。

「ご無沙汰しています。久子おばさんもお元気そうですね」

という遼一に、

「年はとりましたが、あたしはどこも悪くないので、うちの嫁さんは困ったものだと思っているでしょう」

久子は毎日二度はこの家を訪れて長居するのが習慣になっていた。連れ合いに先立たれて、長い間一人暮らしをしていた。その後、長男家族と同居するようになり、久子が長居するようになったのはそれ以来のことである。一日中気の合わない嫁と顔を付き合わせているよりは、古い知り合いで気楽な清や慎治と、茶飲み話をする方がよほど楽しいと思っているようだった。

「おじちゃんが少し体調を崩しているから、遼ちゃんたちも大変だね」

久子は、遼一と夏海の顔を交互に見ながら、いった。

「ええ、まあ」

「あたしんちもいろいろあってね。長男家族と住んでるけど、難しいですよ。でも、二人の孫たちといられるのは嬉しいことですよ」

「遼一、おばちゃんちのお孫さんは二人とも男の子で、ズバ抜けて学校の成績がいいんだよ。いずれは、東大に入ると私は思っているよ」

久子は嬉しそうに清の言葉をきいていた。

「夏海さんは高校の先生だってね。このごろの学校の先生は大変だそうだね」

「久子おばちゃんも昔、学校の家庭科の先生で裁縫を教えていたんだよ」

と清がいった。そういう紹介をされて、久子はまんざらでもない様子だった。

「うちの嫁も薬学部を出ていて、薬剤師の資格をもっているんだよ。働いたことはないから何の役にも立っていないけどね」

遼一が改まった口調で、久子に話しかけた。

「久子おばさんはご主人が亡くなられてから、ずっと一人暮らしをしていて、数年前に長男のご家族と同居されたんだよね。同居して何か難しいと思ったことありますか」

「難しいことは難しいけど、お互いに我慢して、折り合いを付けていく知恵さえあれば、やっていけるものだとこのごろは思っていますよ。何しろ孫たちがいるおかげで、激突は避けられるので、孫たちが救いだということだろうね。息子はともかく、孫があたしの血を引いていると思うとかわいいもんだよ」

遼一はふと明子のことを考えた。明子は清と血の繋がりのない孫であることが頭をかすめたのだ。しかし、夏海は特に表情を変えていなかった。

清が思い切ったように久子に話しかけた。

「実はね、うちでもいろいろと話が出ているんですよ」

それをきいた久子は、

「参考になるかどうかわからないけど、あたしんちの場合も、長男家族とここで一緒に住むかどうかということを決めるために、子どもたち全員に集まってもらって、何度も話し合いましたよ。結局は二階を建て増して、長男家族と一緒に住むのが一番いいという結論になり、今のような同居になりましたがね」

遼一は話が段々と姉の考えているような方向に進んでいっているように感じた。また、母の清もそれしかないと思い始めているように思った。もう、抜き差しならないような立場に立たされてしまったような気がした。しかし、夏海の表情は穏やかで、遼一の判断に任せてもよいと思っているようだった。

遼一はダイニングに続く和室の籐椅子に座っている父のそばに行った。耳が遠くなっていたので、大きな声で話しかけた。

「お父さん、ぼくたち家族と一緒に住みたいとお母さんは思っているようだけど、お父さんの考えをききたいと思っているんだ。ぼくたちの前ではっきりと気持ちをきかせてほしいんだ」

すると、黙っていた父の慎治は大声で、

「ぼくは、大きな家族が欲しかったんだ」

遼一は父が実家の大家族から離されて、子どものいない伯父夫婦の家に養子として引き取られて育ったという幼児期の話をきいたことを思い出した。すでに半世紀以上も前のことだった。

第四章　新しい家

真っ青な空のもと、真夏の太陽が容赦なく照りつけていた。

隣家の軒下で日差しをさけながら、父の慎治は、両腕を組んで、土煙の上がっている解体現場を防塵シートの間からじっと見詰めていた。そのような姿勢を保って、もうどれほどの時間がたったのだろうか。

遼一は父の背後にステッキを持った父を守るようにして立っていた。父はときどき「ふああ」と深いため息をついたり、「うーうん」と重いうなり声を発したりしていた。

遼一には慎治が今何を考えているのかさっぱり分からなかった。慎治はいままさに壊されようとしている我が家の歴史を、再び考え直そうとでもしているかのようであった。

「お父さんがこの家を建てたのはいつだったかな。覚えている」

「ああ、覚えているよ」

と父は重々しく答えた。

「昭和三十五年の三月だよ。ぼくが退職した年だったたな」

こんなところは、父の記憶ははっきりしていた。

「そうすると、今は昭和六十年七月だから、二十五年が過ぎたんだね」

「そうか、それ程長くこの家に住んだのか」

と父は感慨深げにいった。そして、なるほどというふうに幾度も頷いた。

昨日、慎治と清は市道に面したごく近くの酒屋の隣にある、臨時に借りたアパートに引っ越したのだった。家財の大半は、近所に住んで懇意にしている梨農家の、あいている離れを借りて移してしまっていた。梨農家の息子で、清の英語の教え子が小型トラックを運転してくれ、荷物の上げ下ろしも手伝ってくれた。娘の澄子も手伝いに来てくれた。

ブルドーザーがごうごうと音をたてて、敷地内をいったり来たりしていた。まるで積み木の家でも壊すように屋根や柱を突き崩していく。一方で、遼一の目の前を廃材を積んだトラックがゆっくりと、市道の方へ向かって動き始めた。

遼一はその光景を見ていて、父の慎治が何かいうかと思ったが、何もいわなかった。

昼休みになったのか、ブルドーザーのごう音が止んだ。作業をしていた職人たちは昼食を取るために、現場を離れていった。立ち上がっていた土煙も次第に収まり、三分の一ほど壊された家は、無残な姿をさらしていた。

現場監督が遼一と慎治の側に近づいてきた。

「何枚か写真を撮りましたから、焼き上がりましたらお届けします」

といった。

「ありがとう」

と慎治がひとことといった。

「遼一、帰るか」

二人は黙って、狭い路地をゆっくりと歩いて、清と澄子の待つアパートに向かった。

遼一は新しい家が三月半ばに建ちあがるまでの数カ月間、両親が住むためのアパートを探さなければならないと思っていた。

「家が建ちあがるまでの数カ月のことだから、家賃、もったいないから、狭くても安いところでいいよね」

と遼一が夏海にいった。

「私はそうは思わないわ。少しぐらい高くったって、いいんじゃないの、あんまり狭いところは、お父さんにはよくないと思うの。できるだけ、今まで使っていた家具などをそばに置いた方が、気持ちが安定するんじゃないかしら」

と夏海がいった。

そんな会話をした、二日後、清から電話があった。

「昨日、酒屋さんに寄った時、あのご主人のアパートが店の隣にあるんだけど、ちょうど空いているので、利用してもらってもかまわないというんだよ」

この間、清はそのアパートのことを遼一に話したことがあった。一戸が広いので、家賃が相当高いから、無理だろうといっていた。

「この時期にすぐに入居者はきまらないと考えているから三月まで、使ってもらえればありがたい。畳だけは新しくするが、他は手を入れないということで、礼金や敷金はなしで、家賃も七掛けでいいですよ」

と酒屋がいったという。清とは長い付き合いがあり、息子が中学生だったころに英語を教えたことがあった。

「それなら、いいんじゃないかな」

「もう、夏休みなんだろう。明日にでも、こちらに来てそのアパートの中を見てもらいたいんだが、どうだろう。夏海さんにも見てもらえるとありがたいんだがね」

「夏海は明日から、生徒たちの移動教室の付き添いで出かけるから難しいが、ぼくは行けると思うよ」

と遼一はいった。

翌日の午前中にアパートを見に出かけた。

「そんな条件でいいんですか。こちらのアパートは広いときいていましたので、両親がお借りするのは、高くて難しいと思っていました。でも、近くて広いところがいいと考えていましたから。ほんとうに、昨日、おっしゃった条件でよろしいんでしたら是非ともお借りしたいものです」

遼一は両親の仮住まいのアパート探しが大変だと思っていた。こんなにトントン拍子に決まるとは思っていなかった。

そのアパートは二階建てで、一階に三戸と二階に三戸の六戸であった。一階の西側と二階の東側が空いていた。一階の方が老人夫婦には都合がよく、有り難かった。それで一階の部屋を見せてもらった。間取りは六畳のダイニングキッチンと六畳と八畳の和室に浴室やベランダもついていた。

遼一と清はとても気に入った。

昨日引っ越したばかりのアパートに戻ると、慎治はかなり疲れた様子で、奥の八畳間に置いてある、いつもの籐椅子にぐったりと座り込んだ。遼一もその側の畳の上に座った。

清と澄子はダイニングキッチンのテーブルの上の大きな皿に、おむすびを握って並べていた。ご飯の蒸れる香ばしいにおいがあたりに漂っていた。

「お父さん、疲れたでしょう。お昼を食べましょう。おむすびとみそ汁だけしかないけど」

澄子が慎治の方を見ながら声をかけた。

慎治は籐椅子から立ち上がり、ダイニングキッチンまで来て、テーブルの椅子に座った。簡単な昼食が始まった。

「住んでいた家が壊されていくのを見ているのは、お父さんには、つらかったのではないかと思ったよ」

と遼一がしみじみとした口調でいった。

「あの家を建てた時はお金がなくてね。お父さんの会社が分譲した土地の代金を退職金から払ったばかりだったしね。その残りで、無理をして何とか狭い二階家を建てて、そこに五人家族で住んだんだよ。遼一が大学を卒業した年だったよ」

遼一はそんな大変な苦労をして建てた家が壊されていくのを、見たいといって出かけた気持ちを父の言葉できいてみたかったが、きいたとしても、多分、慎治は「うん」とか、「ああ」とかしかいわないように思った。

「あの家にたどり着くまでは、ずっと社宅生活だったからね。なにしろ転勤に次ぐ転勤でね。北海道から九州、本州と十回もの転勤だったよ。三十数年の会社生活だったから、三年に一度の割になるね。短いときは半年ということもあったね。お父さんほど転勤の多かった社員は珍しいんじゃないだろうかね」

清は何個所もの転勤先の社宅生活を思い出すような口調で話した。

遼一は、父が会社から転勤辞令が出されると、数日後には単身で転勤先に赴き、子どもたちの転校の手続きや引っ越しなど細々したことはすべて清の仕事であったときいたことがある。手落ちなく懸命に家族のために働いてきたということは子どもながら、自分の目で見てきていた。

「ようやく、新しい社宅に引っ越すと、荷解きや、ご近所への挨拶で気が休まる暇もなかったよ。お父さんはいつの間にか、転居した社宅から、前のように変わらずに毎日会社に通っていたんだよ。社宅の部屋がどうだの、子どもたちの様子はどうだのとか、一切きいたこともなかったね。今、考えると不思議なくらいだったよ。でも、耳を患った手術の後遺症が理由で、戦地に行かなかったのは、幸運だったということかもしれないね」

澄子は清の話を黙ってきいていたが、

「お母さん、食事の後片付けをしたら私は帰るわ。夕方までに帰り着きたいから」

父の慎治は上京して、東京の高等工専を苦学して卒業し、大手の製紙会社の紙漉き技術者として採用された。その後定年まで、その分野の仕事に従事した。とりわけ戦後、全国各地にある製紙工場を転々として、技術導入をおこなうという役割を果たした。

「お父さんは本当に転勤が多かったね。ぼくなんか、小学生の時だけで、たしか四回転校したんだよ。学校が変わると、友達もすぐにはできなかったし、勉強の内容についていくのも苦労したんだよ。特に、算数は大変だったよ」

慎治はしかし、遼一の言葉には何も答えなかった。もともと口数が少なかったが、特に晩年にはその傾向が顕著だった。

「学校というところは各地方でそれぞれ進度がちがうんだよ。ぼくが算数が苦手なのはそれも影響していたと思うよ。算数の九九については、どこでも習わなかったんだ。転校先の学校では、すでにその部分は学習し終わっていて、掛算や割算を勉強していたけど、九九の分からないぼくには、さっぱり理解できなかったんだ。誰かに教えてもらうこともできず、分からないまま惨めな気持ちで授業をうけていたよ。でも、国語はそんな思いはしなかったから、大好きだったよ」

遼一がそんな苦労をしていたことを、清に対して初めて話した。子ども心にも苦労している母親に心配させたくないと思っていたからである。転勤続きで苦労したのは、清だけではなかったということが、遼一の言葉で知らされた。

「子どもたちにもずいぶんつらい思いをさせたんだね」

と清がしみじみとした口調でいった。

「でも、ぼくがこの年齢になって考えてみると、お父さんが一番大変だったのかもしれないね。人付き合いが苦手なのに、次々と知らない職場に転勤させられてもひとことの文句もいわないで、慣れない職場へ毎日通って家族のために働いたんだから、頭が下がるよ」

清が遼一の言葉に重ねた。

「上役の人にお願いして、転勤しないですむようにしたらどうなのかと思ったことがあって、お父さんに話したけれど、お父さんは自分のために上司にそんなことは言えないと突っぱねたんだよ。なのに、自分の部下の不利益になるような人事には、無言で上司に抵抗していたこともあったのにね」

遼一は以前にそんな話をきいたことを思い出した。出世などということは度外視し、課長止まりで終わってしまった。自らの部下に対しては、かたくなともいえる寡黙さで、その人たちの利益をまもった。

遼一は父のそういう一面が自分の中にもあり、それが解雇撤回闘争の折の、最後までがんばり抜くという頑固さに繋がったのかもしれないと思った。

「じゃあ、お母さん、私帰るわね」

昼食後の後片付けをすませた澄子が、借りたエプロンを外しながら、六畳の座卓の前に座って、洗濯物をたたんでいた清に向かっていった。

「ああ、ありがとう。昨日から本当に大変だったね。旦那さんによろしく伝えてね」

澄子が奥の八畳間の籐椅子に座っている父親の方に近付こうとするのを、清は目配せで止めた。

「ぐっすり眠っているから声をかけないで。後で、私からいっておくから」

「わかったわ」

澄子は小声でいうと、玄関の狭いたたきに置かれた靴をはいた。

「これからちょっとだけ、解体現場の方に寄ってから帰るわ。遼一と一緒に」

澄子は、入り口まで見送ってくれた清にちょっと手を上げてから、アパートの外に出た。開いたドアの外には遼一が待っていた。

クーラーのきいた室内から外に出ると強い夏の日差しがぎらぎらと照りつけていた。

「ごめん、待たせて。外は暑いわね」

「おねえちゃん、昨日の引っ越しからだから、ずいぶん疲れたんじゃないの」

澄子は疲労の影の見える表情をしていた。

二人は肩を並べて、駅とは反対の実家の解体現場に向かって歩いた。

「これから、住宅会社の営業の担当者がここにくることになっているんだよ」

二人は市道を横切り、路地を三、四分ゆっくりと歩いて行った。

前方に防塵シートが張られているのが見え、ごうごうとブルドーザーの音が響いていた。

「水を撒いたのね。地面が濡れているわ。結構大きな音ね。ご近所迷惑じゃないかしら」

「一応、近所には、お母さんと現場監督が挨拶はしたといってたから、大丈夫だよ。角家でよかったよ。それに北側は空き地だし」

二人は作業の邪魔にならないように、北側の空き地側の道路に立って、ブルドーザーを見詰めた。家屋はすでに半分以上、解体されて、作業は順調に進んでいるようだった。

「あの柘植の生け垣も撤去されてしまったのね。見ているだけでも、つらいものがあるわ。まして や何十年もここで暮らしていた、特にお父さんの気持ちは複雑よね。だから、あんなに疲れたのかもしれないわ。じゃあ、遅くなるからこれで帰ることにする。後のこと、よろしくお願いね」

澄子は、遼一の方を向いて言葉を掛け、駅の方角に向きを変えて歩き始めた。その後ろ姿に遼一が声をかけた。

「駅まで送っていけないけど、気をつけて帰ってよね」

一台のシルバーの普通乗用車が市道から曲がって、遼一の立っていた道路の近くまで入ってきて停まった。

停まった車の窓ガラスがするすると開いて、顔を覗かせたのは、やはり営業の佐山であった。

「こんにちは。ご苦労さまです」

人のよさそうな笑顔を浮かべて、遼一に向かって、頭を下げた。

「やあ、ご苦労さん」

遼一も軽く挨拶をした。

「車、あちらに停めてきます」

そういうと、すぐに車を少しバックさせてから、発進させた。それから、住宅地から少し離れた梨農家が経営している駐車場の方へ曲がっていった。その駐車場には三台分、住宅会社が契約していた。

しばらくして、相変わらず明るい表情で佐山は遼一の立っているところに戻ってきた。手には、黒いカバンを持っている。

「ずいぶん工事がすすみましたね」

佐山は防塵ネットの向こうでたちのぼっている土埃の陰に半分程隠れたブルドーザーを見詰めた。

「半日でここまで進むとは思っていませんでした。今日中に相当なところまでやれるのではないでしょうか」

遼一がいうと、佐山は大きく頷いた。

急にブルドーザーの動きがとまって、静寂になった。現場の作業員たちが三々五々、現場の外に出てきた。休憩をとる気配であった。

現場監督が二人が立っている場所に近付いてきた。

「ご苦労さまです」

佐山が監督に頭を下げた。日焼けした精悍な顔をした現場監督が二人に大きく頭を振るように挨拶した。

「仕事は順調のようですね。午前中に見ていたときよりもずいぶん進んだような気がします」

と遼一が感想をいうと、監督は、

「いやあ、仕事は家屋を壊すだけではないですからね。まだまだですよ」

と溢れる汗をタオルで拭きながらいった。

「写真ちゃんと撮ってますんでご心配なく」

というと職人たちが集まっているところへ戻って行った。

「お約束どおり、変更した設計図をお持ちしました。それをお見せしたいんですが、どこかいい場所ないでしょうか」

佐山は黒いカバンを示し、周囲を見回しながらいった。

遼一は清たちのいるアパートを思いついたが、父親が疲れて休んでいる場所には連れていけないと考えた。どこかこの近くで話ができる静かな場所はないか、と考えて思いついた。

「ああ、ありますよ。市道まで出ると最近新しく開店した喫茶店があります。そこにいきませんか。この暑さじゃ、外では話もできませんから」

遼一がいうと、佐山は大きく頷いた。

遼一は佐山と共に、解体現場を離れて、五分ほど歩いて、市道に面している喫茶店に入った。初めて入る店だった。こんな場所にしては、「微巣登路」という洒落た名前のついた喫茶店であった。

一階は洋品店になっていた。狭い階段を二階まであがると、店への入り口のガラス戸があり、その前横に、まだつかわれていないおしぼりを入れた木の箱が重ねられて置いてあった。店に入ると、二、三人の客の姿があった。遼一と佐山はカウンター近くの柱の陰になったボックス席に座った。

すぐに、中年の女性が注文を聞きに来た。

「アイスコーヒー、おねがいします」

遼一がいうと、

「私も同じでいいです」

佐山もそれを注文した。

中年の女性は無言で頷いて、おしぼりとおひやを置いて、すぐに店のカウンターの奥に姿を消した。

遼一は運ばれたおひやを一気に飲んだ。冷房がよく効いていて、溢れていた汗が急速に引いていくのを感じた。

佐山は黒いカバンから、一通の書類を取り出すと、それを遼一の方にむけて開いた。

「お申し出のありました設計変更をかきこみましたので、お宅にお持ち帰りいただいてご検討をお願いします」

「分かりました。二階の納戸に窓をつけるという件でしたね」

「そうです」

遼一は〈溝口遼一邸設計変更図〉と書かれた青焼きの書類を開いて確認した。

「了解しました。よろしくお願いします。変更費用は以前おききした額ですね」

と念を押した。図面を畳んでいると、注文したアイスコーヒーが運ばれてきた。そのとき、遼一はズボンのポケットから、白い封筒を佐山に渡すためにとりだした。

「忘れるところでした。あの現場で仕事している人たちへのお茶代なんです。現場監督の方に渡していただけませんか。近くにいませんので、お茶もだせなくてすまないと思っています」

「分かりました。この後、すぐに現場監督に溝口さんからといって渡します」

遼一はアイスコーヒーを一口含むと、少し苦味のあるコーヒーの香りが口の中で広がった。

佐山はゆっくりコーヒーを飲み干してから、

「溝口さんが私の初めてのお客さんなんです。この四月にいまの会社に新卒で入ったばかりなんです。会社の新人研修でいろいろ特訓を受けています。大学で学んだことはほとんど役にたちません。でも、私はこの仕事を生涯続けていく決意をしています。溝口邸が立派に完成するように、精いっぱい頑張ります」

遼一はこの若者の誠実さに好意を感じた。

遼一は六月末に新聞の折り込み広告に載っていた、総武線沿線にある、都区内、東部地区住宅展示場で、初めて佐山と出会った。

その日、遼一はひとりで住宅展示場に出かけた。土曜日の午後だったので、妻の夏海にも声をかけたが、夏海は応じなかった。

「今度の家のことは、あなたの責任でやって欲しいと思っているの。これまでの住まいに関することはいつも私がほとんどひとりでやってきたけれど」

遼一の親兄弟が絡むわけだから、最初からかかわらない方がうまくいくと考えているという、住んでいるマンションの処分や、お金に関することはできるだけ協力しなければならないということは分かっているとも付け加えた。

遼一はそういう夏海の言い分に少し驚いていた。今回もこれまでのように夏海が積極的にやってくれるから、自分は適当にかかわればいいというういい加減な気持ちがあったと自覚はしていた。

「面倒なことはいつも私に任せて、結果がうまくいかないと、とてもいやな態度だったでしょう。だから、今回は私が口出しすると、また、あなたはスーッと引いてしまうと思っているの。だから、最初からあなたにお願いしたいの」

夏海はそう続けた。

住宅展示場は、まるで郊外の公園のように深い緑の樹林に囲まれたたたずまいで、人の姿はまばらで、ひっそりとした広がりをみせていた。

そこに五軒のモデルハウスが鮮やかな色彩をみせて、まるで大きな玩具の家のように建っていた。

遼一には、どのモデルハウスも同じようにしか見えなかった。とりあえず少し離れた場所から外観を眺めることにした。

それから、三軒目のモデルハウスに近付いた。その時、木製のドアが開いて、その住宅会社の社員らしい若い男性が出てきた。

「あ、こんにちは」

彼は明るい声で遼一に挨拶をした。

遼一が目礼すると、

「お入りになりませんか。内部をご案内させていただきますから。どうぞ」

やさしい声だった。紺の細身の背広がよく似合った若い営業マンは、頬のあたりに蒼々とした剃刀あとを湛え、ういういしい印象を漂わせていた。

「この家はツーバイフォーという工法で作られている木の家なんですよ。どうぞ上がって下さい。応接間からご案内致しましょう」

遼一は玄関のたたきの上の床に並べられていたスリッパを履いて、彼の後に続いた。木の香りがにおうフローリングの床を踏んで、一番手前の部屋に通された。十畳ほどの部屋には豪華な応接セットが置かれていた。

遼一は茶色の革張りのソファーに応接セット用のテーブルを挟んで、佐山と向き合って座った。

遼一の視線の先の壁には模造画の「睡蓮」が壁の淡いベージュに合わせた金色の額に入れて掛けられていた。また、その右下には背の低い書棚が置かれ、革張りの表紙の百科事典が整然と収められていた。それらの調度は部屋を引き立たせる虚構の装置だったが、遼一は、住んでみたい家だとふと思った。

「佐山といいます。これから家の中をご案内させていただきますが、その前に、少し説明させて下さい」

といい、書棚の上に積まれていたパンフレットから一部を取り、遼一に手渡した。

「この家の造り方は、枠組構造の一種で建材を基本的には、二×四インチの断面の部材を繋ぎ合わせる工法なので、ツーバイフォーと呼んでいます。英国から伝わった木造工法が北アメリカ大陸で発展し、変化して考えだされたものです。カナダでは、一般的な木造住宅になっているそうです。壁は厚く、開口部のサッシは二重です。在来の木造住宅のような柱を用いず、基本的な構造用合板を工場で作り、壁や床を張り合わせていく方法ですから、工期も短くてすみます。パンフレットにはもっと詳細に書いてありますので、後ほど御覧下さい。私の説明だけでは、お分かりになりにくいかもしれませんので。それでは、他の部屋等もご案内させていただきます」

そういって、佐山は立ち上がったので、遼一も佐山の後ろを歩いて家の中を、説明をききながら一回りした。最後にまた、先程の応接室に戻って座った。そこへ若い女性社員がコーヒーを持ってきてテーブルの上に置いた。

「お疲れになられたでしょう。どうぞ」

といって頭を深く下げて部屋を出ていった。

「最近二世帯住宅が盛んに宣伝されていますが、こちらの会社にもそういう住宅を注文される方がいるんですか」

　遼一は姉がいっていた二世帯住宅についてきくと、佐山は大きく頷いてからいった。

「そうですね。そういうご注文をなさる方も最近は結構いらっしゃいますね」

「私の姉弟からも二世帯住宅にしたらどうかという意見が、何度かだされたんですけれど、佐山さんは二世帯住宅についてはどう思われますか」

「そうですね。私はまだ勉強中でして、はっきりとした意見を申し上げられないかもしれませんが、二世帯住宅というのは、〈一つ屋根の下に台所が二つ〉という風に考えたらいいのではないかと思います。つまり、家計は別々ということです。玄関、風呂、トイレはもちろん、郵便受けも別々ということになると考えています。そういう意味では、建築費がそれだけかかるということです」

　佐山の説明は明快だと遼一は思った。

　遼一が立ち上がろうとすると、佐山が、「名刺をお渡しするのを忘れていました」といった。

　その名刺には〈佐山洋一〉とあった。

「すみませんが、お差し支えなければ、この用紙にご住所とお名前などを書いていただけますか」

　とテーブルの上に印刷された紙を置いた。

「いいですよ」

　と遼一がいい、住所の次、名前の欄に〈溝口遼一〉と書き込んだ。

「溝口さんとおっしゃるんですね」

と佐山は遼一の書いた用紙を見ていった。

「では、失礼します。今日は偶然お宅の展示ハウスを見せてもらい、いろいろとご説明をいただき、大変参考になりました」

といって、遼一は外に出た。それから、もう一軒だけは見て行こうと思い、隣のモデルハウスに入った。

すでに二組の見学者がいた。

年配の夫婦が中を見学していた。また、幼児を連れた若い夫婦がそのメーカーの営業マンに、ダイニングキッチンの大きなテーブルで向き合って、いろいろと訊ねている声がきこえた。〈二世帯住宅〉うんぬんという言葉が話されていた。遼一が玄関のたたきにたっているのを見た、女性の社員が、

「どうぞ、ご自由に中を御覧下さい。のち程担当者がご説明致します」

といったので、スリッパに履き替えて家の中を見て歩いた。営業マンはなかなか来なかった。それで遼一は玄関に降り立ったところで、先程の女性社員が申しわけなさそうに、

「すみませんでした。パンフレットだけでもお持ち帰りいただけますでしょうか」

といい、遼一に詫び、パンフレットを渡してくれた。住宅の中を見るのはこれで終わりにしようと考えた。すでに、六時少し前だった。

帰り際に、遼一はもう一度、住宅展示場内を歩いて、他の住宅の外観もあわせてみた。どの

ハウスメーカーの住宅も大きくて立派な造りだった。特に樹木に囲まれた背景は、住宅の豪華さを際立たせる効果があると思った。

さまざまなことが緻密に計算されていることに改めて気付いた。

地価が高騰しても、住宅販売が低迷しないように、いろいろな工夫をこらして、売るということに徹しているのだろうと感じた。

二世帯住宅という言葉でさえ、自然に生まれたというわけではなく、メーカー側が知恵を結集して考え出したことにちがいないと思うのであった。

駅前は帰宅するサラリーマンで込みあっていた。喫茶店やレストランなどが軒を並べていた。遼一は手ごろな中華料理の店に入った。そして、野菜麺を注文した、すぐにテーブルの上に、運ばれた野菜麺は塩味で温かくて腹のすいていた遼一にはとても美味しく感じられた。

「お帰りなさい。ずいぶんおそかったわね」

テレビは七時のニュースを報じていた。それを消して、リビングルームに入ってきた遼一を夏海が迎えた。

「ちょっと、疲れたな。何か飲むものあるかな。食事はもう済ませてきたよ」

「ジュースでいいかしら」

といって、夏海は冷蔵庫から瓶に入ったオレンジジュースをテーブルに並べたコップに注いだ。それを飲みながら、遼一が話した。

「住宅展示場なんか初めて行ったよ。立派なモデルハウスが五軒も建っていたよ。公園のような一画になっていて、別荘地のような雰囲気だったね」

「五軒、全部見たの」

「いや、とてもそんなに回れなかったよ。内部を見たのは二軒だけだった。詳しく説明をきけたのは一軒だけだったね」

「そこはどうだったの」

「木造のツーバイフォーという工法の家でね。そのメーカーの若い営業マンが親切にいろいろ説明してくれたよ」

　木造の家だという説明に、夏海は意外な顔をした。モデルハウスの見学に遼一が出かける前に、軽量鉄骨の家でないと、本の重みで、家が傾く心配があるといっていたことを遼一は思い出して、言葉を続けた。

「柱で支える木造の家とは違い、厚い壁で支える構造なので、かなりの重さには耐えられるという話だったよ」

「ところで、うっかりしていたけど、家を建てる資金面のことについてだけど、どのぐらいの資金をどういうふうに工面するのかを考えないと、先に進めないんじゃないかしら」

　遼一も、父親が退職金をはたいて、今の土地や家を手にした訳だから、もう、お金を出す余裕はないと思っていた。自分たちが家の資金等は払うしかないと考えていた。

「とすると、その算段を早急にしないといけないわね。このマンションだって売ることになる訳よね。いくらぐらいになるかとか、住宅ローンはいくら組めるかとか」

姉の澄子は気楽に二世帯住宅を造って、親たちと一緒に住めば解決できると言ったけど、結局は遼一たちに全部負担がかかることになる。それに、今日会った営業マンがいうには二世帯住宅というのは、台所や玄関、風呂などは全て二重になるので、建築費は相当、高くなるということだった。

遼一は疲労の上に不安と不満を感じて、少し腹立たしい表情をした。

「でも、ここで没という訳にもいかないでしょう。何とか現実的に考えていくしかないんじゃないの」

「今日のところはこのくらいにして、一応もらってきたパンフレットをここに置いておくから目を通しておいてくれるかな。資金のことなどはこれから、一緒に考えてくれるかな」

「このマンションを買う時に仲介してくれた業者に連絡したら、明後日の日曜日の午後に話をききにくるというの。あなたも都合つけてね。あなたと二人の名義だから、そうしないとまずいと思うの」

「予定が入っているが、何とかするよ。急ぐことだしね」

住んでいるマンションは中古物件を数年前に買ったものだった。八十平方メートルの広さがあった。住んでいた六十平方メートルのところを処分して買い換えたものであった。その後、地価が高騰したので、マンション価格も買った当時よりは値上がりしているのではないかと遼一たちは考えていた。

日曜日の午後一時過ぎに仲介業者が尋ねてきた。

「このマンションをお売りになりたいんですね。これだけの広さのマンションは珍しいですから、妥当な売り値ならば、割と早く買い手がつくと思いますよ。明け渡しの条件などをおききして、早速広告を打ってみましょう」

「いくらぐらいと考えていらっしゃるんでしょうか。その後の住宅資金の算段もありますので、ある程度の目安だけでもおききできればありがたいのですが」

そういう遼一に対して、業者は、東京の西の方はずいぶん値上がりしているが、東側、つまり、足立とか江戸川、葛飾辺りは上がり方の率はそれ程でもないといった。それでも買った時よりは三割程は高くなっていると答えた。この辺りの売買状況を早急に調査したいといった。それから、具体的な売り値をかんがえたらどうかと提案した。業者の態度は慎重だった。

「お任せするしかありません。明け渡しの時期は来年の三月末でお願いしたいんです。なにしろ、これから住宅を建てる契約をすることになっているものですから。できるだけ、工期が短くて済むように交渉していくつもりでいますが」

と遼一がいうと、業者は三月中に明け渡すのが一番現実的であるといい、建築完了時期にこだわった発言をした。そして、この地域の最近の取引価格の調査を早急にすることを約束し、買い手がつくような売り出し価格を検討した後、改めて連絡する旨、遼一と夏海に話した。

それから、お茶を一杯飲んで、慌ただしく業者は帰っていった。

「よかったわね。値段はともかく売れるという感触だったから、ほっとしているわ。買値と手数料を引き算して赤字にならなければさいわいよね」

「いつも思うんだけど、夏海は欲張りじゃないんだね。ぼくなんか、ちょっとでも高くと思ってしまうもの。性格かな」

「あまり得をしようとは思わないことにしているの。何とかやっていければいいもの」

「あなた、夕方、佐山さんという若い男の人から電話があったわよ。この間、住宅展示場で話したとかいう人じゃないかしら、夜九時ごろにまた、電話するということだったわ」

遼一が七時半過ぎに帰ると夏海がいった。遼一はもらった名刺を探し、彼の名前を確認した。それから着替え、彼の会社のパンフレットを広げ夏海に内容を簡単に説明した。

「ぼくは、あの会社に住宅を建ててもらってもいいかなと思い始めているんだ。これ以上他の住宅会社にいろいろききまわっても、しょせん、こちらは素人だから、営業マンを信用するしかないと思うんだ」

風呂に入ってから、そんな話をしているところに電話がなった。

「先日はありがとうございました。明日の日曜日の午後、お宅にお伺いしたいのですが、よろしいでしょうか。勝手ですみませんが」

「ああ、佐山さん、私の方からも御連絡したいと考えていましたので、午後二時ごろでいかがでしょう。お待ちしています」

遼一はもう決めていた。

「夏海、ぼくはあの例の若い社員の会社に頼もうと思っているんだ。それでいいよね」

夏海は黙っていたが、納得しているようだった。

翌日、午後二時過ぎに、佐山が汗をふきながら、遼一の自宅の居間の座卓に、遼一と夏海を前にして座って、丁重な挨拶をした。

「その節は失礼しました。パンフレットご覧いただけましたでしょうか。何かご意見がおありでしたらお伺いしたいと思いまして」

遼一は、二世帯住宅に関することを、佐山が来た時に詳しく話そうと考えていた。それで、親が住んでいる土地に自分たちと一緒に住めるような二世帯住宅を造りたい、ということをきちんと、佐山に分かってもらう必要があると思っていたので、その旨を話した。

「ご実家はどちらですか」

「江戸川を挟んで東京に接している場所にあります」

遼一の説明をきいて、佐山は頷いた。

「その辺りですと、私の会社も何軒か建てていますので、お任せいただければいろいろと調査を致しましてから、ご要望をおききして、それに沿ったご提案ができると思います。そちらのご住所などをおききしてよろしいでしょうか」

佐山は胸のポケットから手帳を出してメモをとり始めた。

「老人夫婦ですから、佐山さんが現地に行かれる場合は私も同行しますので、声をかけて下さい」

すでに七月に入っていたので、蒸し暑かった。佐山は冷たいジュースを美味しそうに飲んでから、二人に丁寧なお辞儀をして帰っていった。

ドアを開けて夏海が佐山を見送った。

その二日後、佐山が電話で、近日中に現地で会いたいといってきた。

「土曜日の午後三時半過ぎでしたら、大丈夫ですが、佐山さんは時間とれますか」

「都合つけます。どこでお待ちすればよろしいでしょうか。この間おききした場所のお宅の前でよろしいでしょうか」

「そういうことにしていただければ助かります」

遼一は母の清にそのことを電話で伝えた。

その日、遼一は三時前に、実家に着いた。夏海は、遼一に任せるからということで、同席しないことになった。

佐山は車で三時少し過ぎにやってきた。車は玄関の前の道路に置いた。

「車、ここに置かせてもらっていいでしょうか」

と佐山は迎えに出た遼一に了解を求めた。

それから、玄関に入り、挨拶に出た清と初めて会った。応接間で、遼一は佐山に両親を紹介した。その後、しばらく雑談した後、本題に入った。

「今日は、単刀直入に佐山さんの考えていらっしゃることをおききして、私どもの方針を決めたいと思っています。〈二世帯住宅〉の件につきましては、何度かお話ししていますが、佐山さんに住宅の専門家としての率直な意見をお願いしたいということです」

すでに、両親は席をはずしていた。佐山のテーブルの前には、冷たい麦茶が置かれていた。

それを一口飲んでから、佐山はいった。

「今日、設計部の担当者がいうには、以前にも申し上げたと思うのですが、建設資金が倍にはならないが、かなり嵩むことになるだろうということでした。また、親世代の年齢がご高齢の場合には、資金がかかるわりには、メリットがないのではないかという意見でした。つまり、二世代に分かれて住む期間が、短い場合が多いということです」

遼一はなる程と思った。父の慎治はすでに八十歳だったし、清も七十歳を超えていた。それに、資金面でも、無理があるというのでは、遼一の現在の経済状況では、かなり難しいと思った。一戸を狭くすることを考えても、抑えられる資金の額はしれていると思えた。

遼一は二世帯住宅を断念し、親世帯と同居できる大きな家を建てるしかないと思った。

「佐山さん、よくわかりました。この後、両親ともよく話してみます。図面などにも影響しますから、早く結論をお知らせ致します」

「昨日、こちらの土地と家の登記簿の図面の写しを取り寄せましたので、方針が決定されれば、溝口邸の設計図の基本形は、すぐにできると思います。その後、間取りなどの詳細な打ち合わせに入ります」

佐山が、帰り際、清が顔を出した。再度、丁寧な挨拶をして帰った。その後、遼一は両親にことの次第を話すと、両親は納得した。

七月半ばになって、急に暑くなった。金曜日の六時、遼一は渋谷のハチ公前で夏海と待ち合わせた。

「もう少し、おそくなるかと思っていたわ」

「いや、今日は特別な日だから、退勤時間と同時に出てきたよ。担任だったら、そうもいかないけど、ぼくは外されているから、こういう場合は自由がきいてて、いいんだよ」

佐山からきいていた道筋を確認しながら二人は歩いた。道玄坂の途中の右手に五階建てのビルがあった。その二階が佐山の勤めている住宅会社の東京支店の事務所になっていた。ビルの前に、佐山が立っていた。

「遠い所すみません。お待ちしていました」と先にたって階段を登り、その後ろに遼一と夏海が続いた。二階の事務所は広く、右手が応接室になっていた。そこでしばらく待っていると、佐山が、年配の上司とおぼしき人とともに入ってきた。

「営業部長の植村です。溝口さんですね。はじめまして、佐山からいろいろきいています。今般は弊社の住宅をご注文下さいましてありがとうございます」

といって、遼一に名刺を手渡した。しばらくすると女性社員が人数分の茶托に載せた茶碗をそれぞれの前に置いて、黙って頭を下げてから出ていった。

「今日は、溝口邸の請負ご契約ができますことを大変嬉しく思っています。書類等はこちらで準備させていただきましたので、よろしくご了解ください」

と佐山が緊張した面持ちで話した。それから彼は、封筒から書類を取り出し、遼一に見せた。そばで、夏海も黙ってみていた。

契約書には何通かの書類が付けられて分厚かった。その一枚一枚について、佐山が詳細に説明した。上司の植村は佐山の横で、黙って頷きながら見ていた。住宅展示場で会った時とは違った頼もしい様子で仕事をこなしているように、遼一は思った。

「本当に佐山さんには、何度も足を運んでいただきお世話になりました。住宅をたてることがこんなに様々な手続きが必要だとは思いませんでした」

それから、佐山の指示に従って、何個所かに記名したり、捺印したりして、三十分ほどで会社側と遼一のための二通の契約書が出来上がった。その後、着手金として二百万円を夏海から受け取り、遼一が佐山に渡し、その領収書を受け取った。

「これで一応、契約は成立しました。今後共よろしくお願い致します。精一杯頑張らせていただきます」

と佐山がいうと上司の植村が立ち上がった。

「お忙しいところ、出向いていただきましてありがとうございました」

と穏やかな口調でいうと出ていった。佐山はそれを見送り、遼一たちと向き合った。

「ようやく請負契約が完了しました。これからいよいよ具体的な建築工事ということになります。まずは、旧住宅の取り壊し工事になりますが、日程等、はっきりしましたら、ご連絡致しますので、よろしくお願いします」

佐山が遼一と夏海に対して、緊張のとけた落ち着いた口調でいった。

「両親は間もなく仮住まいに転居します。住んでいる家のすぐ近くにアパートを借りることが出来ましたので、ほっとしています」

という遼一の言葉に佐山が応えた。

「それはよかったですね。これからのさまざまなことがうまく運ぶように精一杯がんばりたいと思っています」

「今日はこれで失礼させていただきます」

と遼一がいい、立ち上がった。夏海もそれに従った。佐山は部屋を出た二人を一階の出口まで送りそこで、深々と頭を下げた。

遼一と夏海は道玄坂のなだらかな坂道を駅の方へと歩いた。戸外は昼間の熱気でむせかえるようだった。街は色とりどりのネオンに彩られていた。行き来する大勢の人たちで込みあっていたので、二人は話すこともできなかった。

「喉がからからなんだ、軽くビールでも飲もうか」

「同じことを考えていたわ。どこかいいお店あるかしら」

「もう少し、駅の方へ行くと、確か左側に大きな寿司屋があったよ。来るとき右側に看板が見えたから、多分もうすぐだと思うよ」

遼一は夏海の前を歩いた。先程目にしたという看板には〈築地寿司〉と書かれていた。遼一はその店の中に入って行った。夏海も続いて店に入った。

「らっしゃい」

威勢のいい若い店員の大きな声が響いた。

「お二人さんですか。どうぞご案内します」

奥の椅子席に案内された二人は向き合って座った。遼一が夏海にいった。

「寿司でいいね」

「いいわよ」

「ジョッキ生ビール二つと、特上の寿司を二人前、お願いします」

と遼一が店員に注文した。店の活気にひかれるように客が入ってきていた。椅子席は埋まり、カウンター席にも、いく組みかの客が座って注文をし始めていた。

遼一たちの前には泡立ったビールの大ジョッキが二つ置かれた。

「ご苦労さま。乾杯」

「よかったわね。これからも大変だけど、がんばってね。私たちのマンションも買い手がついてほっとしているわ。このところ契約続きで、少し疲れたわ。でも、一つ一つ固めていくしかないものね。来年の今ごろは新しい家に住んでいる訳ね」

遼一は、ビールを特別美味しく思った。

その夜、九時過ぎに二人は自宅に戻った。明子は部活の合宿で、昨日から、四泊で出掛けていた。遼一は契約書を広げてみていた。

「二世帯住宅と簡単に考えていたけど、結局はこの図面のような、二世帯で住める大きな家になってしまったな」

「そうね。資金的な面や親世代の年齢を合わせて考えると、佐山さんの提案してくれた方が現実的だということ、私もよく分ったわ」

住宅ローンについても、遼一、一人の名義なので、当初考えていたような多額なローンを組めないということも、遼一は自分の年収がいくらであるかということとかかわることをはじめて知った。しかし、マンションがバブルの影響で、思っていたよりも高く売れることになったので、まあまあの広さの家が造れることになり、安堵していた。もともと、母の清は〈二世帯住宅〉にはあまり乗り気ではなかったから、結果的にはよかったのかもしれないと、遼一は思っていた。これまで、自宅マンションを何度か買い替えてきたが、頭金や住宅ローンのことなど、資金面のことについては、夏海に任せっきりだった。遼一は、初めて家を造るという問題を自分のこととして本気でかかわっていることに気付いた。さまざまな面倒な手続きを仕事をしながら、愚痴もいわないでやってきた夏海は大変だったろうと思った。一度も騙されたり、問題に巻き込まれたりしないでできたことも、彼女なりの緻密な詰め方をしてきたことに拠るのだろうと思うようになっていた。夏海、本人はいった。

「単なる偶然よ。ただ、業者だけは慎重に選んできたのよ。結局、会社を信用し、担当者が信用できれば、まず、間違いはないというふうに思う知恵だけは欠かせないと考えてきたの。今回のあなたの場合も、その点では心配ないと思っているのよ。あの佐山さん、なかなか大した青年よ。ああいう人を雇った会社は、信用できるもの」

「今日はもう遅いから、明日の夕方でも、おふくろに電話で契約が終わったことと、その中味を簡単に連絡しておくよ」

「結局のところ、お義母さんの望んだ様な家になる訳だから喜ぶと思うわ。それだけでも、あなたは親孝行ということになるわよね」

子どものころから、父親の度重なる転勤のために算数が苦手になってしまった遼一が、何千万という資金を調達して、家を建てること自体、驚くべきことだと本人は思っていた。

季節が夏から秋へとゆるやかに移り、住宅建設のための段取りが着々と進められていくに違いなかった。どんな風に出来上がっていくかを逐一見ることはできないが、来年の三月半ばには、新しい家が予定通り出来上がるといった佐山の言葉は遼一の気持ちを明るくした。そして、その新しい家で父が元気な生活ができるとしたら、親にかけてきた苦労の償いになるのかもしれないと遼一は思った。

第五章　静かな跫音

新しい家の引き渡しは来週に迫っていた。

三月に入って、すぐの日曜日の午前十時過ぎに、佐山が遼一の自宅に電話をしてきた。

「お引き渡しは来週になりますが、前もって、ご覧になりたいというお話でしたので、突然ですが、今日の午後、現地に皆さんでいらしたらいかがでしょうか。日曜日なら、ご家族がおそろいになれると思って御連絡しました。もちろん、私もご一緒させていただきます」

「実は、御連絡がなくても、今日は外観だけでも、家族全員で見にでかけようと思っていました。佐山さんが同行下されば、中にも入れるでしょうから、ありがたいです。二時に現地でということでよろしいでしょうか」

と遼一はいい、夏海と明子にその旨を伝え、車で出かけることにした。それから、清のアパートに電話をした。

「今日、営業の佐山さんが、新しい家の中を見せてくれるので、一時半過ぎにお母さんたちのアパートへ迎えにいくから、そのつもりでいてくれるかな」

二時少し前に、遼一たち五人は現地に着いた。佐山のシルバー色の車が道路の右に寄せて停めてあった。その後に夏海が車を停めた。

「お待たせしてすみません」

「いや、今着いたところです。これから中を見ていただきます」

といって、佐山は玄関の鍵を開けた。玄関の外では、門扉などの外構工事をする作業員が忙しそうに働いていた。その作業員たちに遼一は軽く挨拶をし、佐山の次に玄関の中に入った。遼一の後から、慎治と清、夏海、明子が続いた。真新しい薄茶のフローリングの床からは木の香りがした。玄関は広く、たたきはマンションの三、四倍もあり、洒落た黒いタイルが敷き詰められていた。

「うわぁー、広い玄関だね。マンションの玄関とは違うね」

と明子が驚きの声をあげた。清も新しい家が気に入ったらしく、

「お父さん、よかったね。こんなに広い家に住みたかったけど、諦めていたのに。八畳の和室が二つにリビングダイニングキッチンが十畳はありますよ。縁側もすごく広いし」

と階下の新しい畳の匂いのする部屋を歩き回っていた。佐山は風呂場やトイレやシステムキッチン、床下収納等を簡単に説明した。

それから佐山は二階を案内した。階段を上がると廊下があり、その右側に六畳の洋間が二つ並んでいた。その奥に和室の八畳があり、和室の押入れを挟んで四畳ほどの洋室があった。廊下の左側には奥から、トイレ、洗面所、シャワールームが並んでいた。廊下の右の三つの部屋は南向きで、人工芝を敷き詰めた広いベランダに面していた。

二世帯住宅ではなかったから、台所は一階、居間も一階だったが、二階は遼一と夏海、明子のそれぞれの部屋として造られていた。

翌週、前年の七月半ばからの住宅請負建築に関する手続きが完了した。すでに三月半ばになっていた。待ち構えるようにして、遼一の両親は借りていたアパートを引き払い、新居に引っ越した。

引っ越しはアパートの持ち主の酒屋の主人が引き受けてくれた。清はアパートの家賃の他に、一カ月分をお礼として支払ったので、そのお返しとして、店の配達用のトラックを使って、清たちの荷物を何度かに分けて運んでくれた。梨農家の離れのものは息子が運んでくれた。

また、一晩泊まりで、澄子が手伝いに来てくれ、近所で特別懇意にしていた、内山久子も、茶碗類を戸棚に納めたり、茶を入れたり、和服の上に真っ白なエプロンをして、かいがいしく手伝ってくれた。清も張り切って仕切っていた。慎治は籐椅子に座り、広い縁側で二重になったサッシの内側で静かに座って、考え事をしているように見えた。

そういうことを、清は引っ越しの翌日、こと細かく、遼一に長い電話で伝えてくれた。

「手伝いにいけなくて、悪かったと夏海がいっていたよ。まだ、春休み前で、特に年度末は休めないらしいんだ。ぼくはお母さんも知っている通り、厳しい学校で休めなかったから」

と、遼一は弁解がましくいってから、

「こちらは春休みに入ってからできるだけ早く引っ越すことにしているから了解頼むよ」

「大丈夫ですよ。何も心配いらないからね。夏海さんにもそう伝えておいてね」

清は七十歳を超えた年齢には思えないほど、張り切った元気な声で応えた。

遼一たちの引っ越しは、清たちよりも十日ほど後になるように計画していた。三月二十日の修了式後、二日余りで荷造りをすることになっていた。引っ越しの業者は決めてあって、梱包用の段ボールも届けられていた。なにしろ、大きな本棚が十本はあり、本は数えたことはなかったが、ともかく、引っ越しは難儀を極めたものになりそうだった。

それなのに、遼一は毎晩帰りが遅く、引っ越しの作業ははかどっていなかった。

「こういう時ぐらいは、もっと積極的にやってほしいと思うのよ。これまでの引っ越しだって、いつも、私に任せっきりだったけど、私だってもう、そんなに若くはないんだから、もっと協力してくれないと倒れるかもしれないわよ。ねえ、わかる」

と夏海が遼一に愚痴っぽくいうのをききながら、遼一は忙しい、忙しいといっては、夜遅く帰っていた。

「パパって、こういうことが嫌いなんじゃないの。だから、ママがいくらいったって、無駄なんじゃないの。私がちゃんと手伝うからそんなことで、夫婦喧嘩しないでくれる。せっかく、新しい家に引っ越しができるんだから」

学校が春休みに入った翌々日、早朝から引っ越しの梱包作業を、夏海の指図に従って、遼一と明子は黙々と行った。午前十時に運送屋が来ることになっていた。衣類、食器、本などを段ボールに詰めて、箱の表に内容を記していった。そんな段ボールがあちこちに積まれている中で、菓子パンとパックの牛乳の朝食を食べおわったのが、九時過ぎであった。その後も時間を惜しんで作業を続けた。

「今月末にこのマンションを明け渡すのに、今日はきちんと掃除はできそうにもないわ。明日か明後日もう一度、ここに来て、きちんと掃除をするしかないわね」

と夏海は独り言のようにいった。遼一はきこえないふりをしていた。そんなことは、自分にはかかわりのないことだから、好きなようにすればよいというような態度だった。この引っ越し作業についても、やる気のなさが端々にみられた。夏海は明子にいわれていた言葉を思い出しながら、こんな時に喧嘩にならないようにと言葉を少なくしているようだった。

玄関のドアを叩く音がした。腕時計を見ると、十時少し前だった。ドアを開けると、

「引っ越しセンターのものです。荷物を運ばせてもらいます」

と先日、打ち合わせに来た帽子をかぶった年配の男がいい、その後ろには背が高く体格のよい青年が帽子と軍手をはめて立っていた。

九階のマンションの三台のエレベーターの一台を、管理人に頼んで、引っ越し専用にしてもらってあった。荷物はどんどん一階のエレベーターの前の邪魔にならないスペースに積まれていった。遼一たち家族は家の中から荷物を次々と出していった。幸い部屋はエレベーターホールのすぐ側だったので、作業は順調に進んだ。

「あなた、前のストアで、運送屋さんの飲み物を買ってきてくれる」

と夏海にいわれた遼一は千円札を受け取り、すぐ前のストアに出かけて行った。

「パパ遅いね。どこか別な店にでも行ったのかな。私がいけばよかったね」

と、明子がいっている時に、遼一はビニール袋を下げて戻ってきた。

「運送屋の分だけではなく、ぼくたちの分もと思って、いろいろ見繕ってきた」

と夏海に説明して小銭のつりを渡した。

明子は黙って二人の顔を見ていた。夏海は何もいわず、小銭をジーンズのポケットにしまった。

昼過ぎに四トントラックに荷物が積み込まれた。昼食は向こうについてからにするという運送屋の言葉に従って出発することにした。

本の重みにタイヤが押しつぶされてしまうのではないかという、夏海の心配を振り切るようにトラックは道路に出ていった。遼一は道案内のため、トラックに乗った。夏海と明子はその後を夏海の車で追いかけた。

幌をかけた引っ越しの四トントラックが、東京から江戸川に架かる長い橋を渡り、間もなく隧道を潜った。二股に分かれる道路から国道を離れて、右方向に向かった。しばらく走ると、左に曲がり、桜並木の道路になった。その右手に、昭和三十年代半ばに、住宅公団が造成した、東洋一といわれた、中層住宅で、二DKを主とする住宅団地があった。

それから左手の、細い道を何度かまがり、目的地に到着した。平日であったが、道路の渋滞はなかったので、マンションを出発してから、一時間足らずだった。

玄関の戸は開け放たれていた。四メートル道路の交差した新築の家の前にトラックが停められた。夏海は車を車庫に入れた。

引っ越しの作業員二人は、幌を外し始めた。

「ご苦労様です。どうぞ、簡単な食事でもいかがですか」

といって、招きいれようとした、清に、

「道幅が狭いので、できるだけ早く仕事を終えた方がよいので、お茶だけ、いただきます」

といって、入り口近くの八畳の濡れ縁で、茶を飲んで、タバコを一服ずつふかすとすぐに立ち上がり、仕事に取り掛かった。

手際のよい二人の作業員の仕事ぶりは、引っ越しのプロとしてのノウハウをしっかりと身に着けていた。遼一も夏海も大して、手出しをすることもなく、見事に荷物や家具類は指定された場所に収められていった。それでも、本の多さには多少てこずっているようだった。

「本は引っ越し屋泣かせなんですよ。できるだけ小さなダンボールにしてもらっていますが、そうすると、個数が多くなってしまうし、大きいと重いですし」

と、年配の作業員は、愚痴っぽくなく、爽やかな口調で遼一にいった。

「ご迷惑をおかけします」

遼一は作業員の言うとおりだと、納得した表情でいった。そこへ、夏海がやってきた。

「引っ越し料金の支払いの時に、少し、チップみたいな形で、お金を包んだらどうかしら」

と、小声で囁いた。遼一は黙って頷いた。

二時間近くかかってようやくトラックの荷台が空になった。

「これで、終わりました」

汗びっしょりになった年配の作業員と後ろの若い作業員のそれぞれに、清は先程と同じ場所でお茶を出した。夏海は、

「お食事も出さないまま、ほんとうにすみませんでした。お約束の引っ越し代金をご確認下さい。これはお食事代として収めて下さい」

といって、白封筒に一枚、紙幣を入れて渡した。中をちょっとのぞいた作業員が、

「いや、こんなに、すみませんね。旦那さん、奥さん、ありがとうございます」

といって、用意してきていた領収書を遼一に渡した。運転席で作業員が丁寧に挨拶し、幌を外したトラックが、走り去った。

運送屋が引き上げてしまうと、

「三人とも、お昼、まだ食べていないんだろう。簡単に食べれるものをと思って、稲荷寿司を作っておいたんだよ」

と清がいった。

「これから、蕎麦屋にでも、何か注文しなければならないと思っていましたから、稲荷寿司をいただければありがたいです」

十畳程のリビングダイニングキッチンのテーブルの上には稲荷寿司が大皿に盛られ、筑前煮の鉢が並んでいた。清がそれぞれの前にとり皿を置き、湯飲みに茶を注いでくれた。

「おばあちゃんの稲荷寿司、本当に美味しいよ。私、大好きだよ」

と明子がうれしそうにいった。

清は、奥の八畳の広い縁側の籐椅子に座っている、慎治に大きな声でいった。

「お父さん、お茶のみませんか。先ほどのお寿司もありますよ。こちらに来て下さいよ」

慎治が縁側の籐椅子から、リビングダイニングキッチンにやってきて、入り口の真向かいの椅子に座った。テーブルの上には、専用の大きな湯飲みが置かれていた。

「やあ、ご苦労さん」

珍しく笑顔になって、大きな声でいった。

「お父さん、元気そうだね」

と遼一がいうと、清がそれに続けた。

「お父さんは、この家がとても気に入ったみたいなんだよ。特に縁側の籐椅子から、庭をみるのが楽しみのようでね。時々は籐椅子のそばのテーブルに碁盤を載せて一人で、石を置いているんだよ」

「楽隠居だな」

と慎治がいっていたと清は笑って話した。

八畳の和室が南側の庭に面していた。奥の和室には障子を隔てて、広い縁側があった。壁につけて、慎治のベッドが置かれていた。そこが、清夫婦の部屋であった。

一階は、一週間以上も前に引っ越していたので、ほとんど片付いていた。マンションから持ち込んだ、食器類が二つのダンボール箱に入れられたまま、台所の隅に置かれていた。マンションから引き上げる前に、不必要になってしまいそうな家具や鍋、食器類はほとんど処分してきた。多くの本と本棚と明子の机と三人のベッドと布団、衣類が主な引っ越し荷物であった。

「大した荷物だとは思わなかったけど、引っ越しするのは大変だったよ。向こうを空っぽにするのが精一杯で、掃除どころではなかったよ。お母さんたちも苦労だったろうね」

「私の方は近かったし、最初から仮住まいと思って住んでいたから、大したことはなかったよ。それに澄子がよく手伝ってくれたし」

三月の日暮れは早く、外は夕暮れて、いつのまにか、暗くなっていた。

清が黙って、電灯をつけていたので、室内は明るかった。玄関の外灯もついていた。

屋外はすでに暗かった。

「お母さん、これから二階で荷物の整理をするから何かあったら、この部屋についている室内インターフォンで連絡してくれるかな」

遼一がいうと、清は不安そうにいった。

「そんなの使ったことないから、うまくいくかね」

「すぐに慣れるよ。この間、佐山さんが教えてくれた通りにしてみるよ。まずね、この受話器を外してこのボタンを押すだけだから。実験してみようか。明子、二階の廊下の八畳の入り口につけてある、これと同じインターフォンのところに行っててくれるかな」

「分かった」

明子は階段の電気を点け、軽やかに二階に上がっていった。遼一がボタンを押すと、すぐに明子がおどけていった。

「もしもし、どちら様ですか」

遼一がその受話器を清に渡すと、清はそれを手にして話した。

「おばあちゃんですよ。あなたはどちら様ですか」

と楽しそうに話しかけた。

「これは室内デンワなんだね。これなら、簡単に使えるから心配ないよ」

間もなく、明子が一階に下りてきた。

「おばあちゃんの声、よくきこえたよ。面白いね。家の一階と二階でデンワできるなんて。時々、おばあちゃんにデンワするからね」

すべてのものが新しかった。家の中は木の香りが漂っていた。厚い壁の開口部は、黒いアルミサッシが二枚重ねになっていたので、家の中、全体が暖かかった。高齢の慎治のためにも、室内で動き回ることの多い清のためにも、この家の中の暖かい空気はいい影響を与えるにちがいないと、遼一は思った。

この土地に、慎治の退職金をはたいて建てた家で、大学を卒業した二十数年前の三月のことを思い出した。新築だったが、寒い家だった。間取りも狭く、親子五人が質素な生活をしていた。四十平方メートル程の二ＤＫの公団住宅にサラリーマンが憧れた時代であった。

長男の大学卒業を心待ちにしていた清に、青天の霹靂のように、就職試験の最終段階での健康診断の結果、遼一が結核であることが告げられた。決まりかけていた出版社への就職は断念せざるを得なかった。清は、幼児期に亡くなってしまった二男のことを思い出して、心が凍るような日々を過ごしたのである。幸い、二年余りの自宅療養で、新薬による治療が効を奏して遼一の病は完治した。

その後の遼一の世の中への門出は順調ではなかった。父が勤めていた会社の子会社に営業職で就職したが、文学専攻の遼一には、とても耐えられない仕事であったため、長続きはしなかった。そして、結局、教員になろうと志し、免許を通信教育で取得し、ようやく、私立の女子高校の教員になったのであった。

二階の電灯が煌々と点けられた。

廊下、一番手前の明子の洋室、次の夏海の洋室、それに続く八畳の和室、その部屋に繋がり、廊下の突き当たりにもドアがある遼一の四畳程の洋室のドアや引き戸は開けはなたれていた。暖房がなくても空気が暖かかった。清が昼間、毎日、風を通しておいてくれたということであった。夏海が布団袋から、それぞれのベッドに布団を運び、シーツをその上において遼一と明子にいった。

「まず、今日、寝れるように、ベッドに布団をセットしてくれる。それから他のところの片付けをしたらどうかしら。今晩は、適当なところで止めて、明日、きちんとするしかないわね」

明子が廊下から、遼一にきこえるように、大きな声で、軽口をたたいた。

「そうだね。今日は朝から大変だったから、若い私でも、疲れたから。年寄りのパパに、今倒れられると、この家、大変になるもの」

「明子、何かいったか。もう一度いってくれるかな。疲れたのは明子だけだよ。ママなんか元気はつらつだし、このパパだって、ドンと来いという感じだよ」

開け放たれたドアから顔をのぞかせた、遼一が珍しく、冗談口で応じた。

明子も遼一も少し、はしゃいでいた。夏海は、二人の会話を心地よさそうにきいていた。

遼一はここにたどり着くまでの、さまざまな出来事や、この家が出来上がるまでの、煩瑣で面倒ないくつもの手続きを、よくこなしてきたものだと思った。そして、物ぐさな、遼一の性格に時々は苛立ちながらも、要を外さず気丈に、しっかりと支えてくれた夏海の、物事を動かしていく、段取り力と合理的な思考力に、改めて驚いた。

二階のインターフォンが鳴った。

「ああ、おばあちゃんだ、私が出る」

明子が和室の戸のそばの壁に掛けられた、インターフォンの受話器を取った。

「もしもし、溝口ですが、どちら様でしょうか。ああ、溝口さんですか。おなじ名前ですね。御用件はなんでしょうか。はい、分りました。伝えておきます。のち程、こちらから御連絡致します。それでは、失礼します」

明子がおかしそうにいった。

「あのね。おばあちゃんが、お腹空きませんかというの。ママにきいてみてというから、のち程、連絡しますということにしたの」

遼一と夏海が、階段を下りて行った。リビングダイニングキッチンのインターフォンのそばに、清が立っていた。清に夏海が話かけた。

「お義母さん、明子がふざけて、この家に来て、ちょっと興奮しているみたいなんです。そのうちお腹空いたら、先程の稲荷寿司の残りをいただきます」

「そのことで、デンワしたんだよ。明子ちゃんがいると、家の中が明るくなるよ」

翌朝、七時過ぎに遼一が夏海の部屋のドアを開け、声を掛けた。

「目を覚ますと、どこにいるんだか、と思ったよ。昨日の引っ越しのこと忘れていてね」

「しばらく前に、私も同じような感じで目を覚ましたわ。もう、マンションじゃないのね。待ってて、すぐに着替えるから、下で食事するのよね」

そういっている時に、デンワが鳴った。

「ああ、お母さん、お早う。これから下に下りようと思っていたところだから、夏海とすぐに行くよ」

遼一の声がきこえた。階下で人の動く音と共に食器をテーブルに置くような音がした。

夏海が先にたって、リビングダイニングキッチンに下りた。清はにこやかな表情で二人を迎えた。慎治はすでに、昨日の椅子に座っていた。

「お父さん、お早う」

遼一が挨拶をした。機嫌のよい声で、慎治が、応じて、遼一と夏海の顔を見ていった。

「おはよう。つかれましたかな」

「大丈夫です。ぐっすり眠りましたから」

夏海が答えた。

「お父さんは、朝が早いんですよ。だから、私もはやくなってしまって。いつも、朝ごはんは七時ごろなんだよ。あんたたちは春休みだから、ゆっくりしてもらってもいいと思ったんだけど、今日だけは、一緒の方がいいかなと思って、デンワしたんですよ。明ちゃんは、まだ、寝てるんだろうかね」

清がいった。そこへ、明子が来た。

「おばあちゃん、おはようございます。それから、おじいちゃん、お待たせしました」

この家の朝食はパンと紅茶とハムエッグと野菜サラダだった。パンは、清の手作りのロールパンだった。紅茶はイギリス風のミルクティーで、なかなかの味だった。ご飯と味噌汁という日本的な朝食を、遼一は子どものころから食べたことがなかった。

夏海は最初は、ご飯に味噌汁という朝食にこだわったが、すぐに、パン食に慣れた。その方が手間が少なくて済むし、朝早くとび出していく生活には向いているという遼一の言葉を抵抗なく受け入れた。

すでに朝食の全ての準備が清の手で進められ、それを五人がそろって食べた。

「何もしなくて、すみませんでした」

という夏海に、清がいった。

「昨日の今日のことだもの、当たり前ですよ。段々にお互いに慣れて、いけばいいですよ。

二十数年振りに、遼一が戻り、夏海さんや明ちゃんも一緒で、この新しい家で、こんな風に食事できる日が来るなんて、夢のようですよ。でも、遼一は長男として、私たちに報いてくれて、神様に感謝していますよ。ねえ、お父さん」

朝食の後、食器を洗っている夏海に、八畳の和室の座卓の上に新聞を広げて読んでいた遼一に対して清が話す声がきこえた。

「今日の午前中でどうだろうか。ご近所へのご挨拶のことなんだけど。遼一と夏海さん、それに明ちゃんも、一緒の方がよいと思うんだけどね」

遼一は食器を洗っている夏海のところへ行って、夏海の後から声を掛けた。

「お母さんがご近所への挨拶をしたらどうかというんだけど、今日の午前中に」

「かまわないわ。これから、ここで住むんだから、一応のご挨拶はしておくことは必要なことよね」

夏海の言葉をきいた清が、食卓のテーブルの椅子に腰掛けていった。

「二人とも、ちょっとここへ来てくれるかね。ご挨拶をするお宅は、五軒でいいと思っているんだよ。それで、ちょっとしたご挨拶のしるしにと思って、タオルセットを五つ準備しておいたんだけど、どうだろうね」

清は奥の八畳の部屋から、きれいに包装された五つの箱を持ってきた。

夏海が清に、弁解のようにいった。

「すみません。いろいろ気を遣っていただいて、マンション住まいが長くて、そういうご挨拶のこと、忘れていました。この代金は私たちの方で支払わせて下さい」

清は夏海の言葉を満足そうにきいていた。

「お母さん、夏海のいうようにしてよ。それから、これからの生活費のことだけど、昨日の夜遅く、ちょっと夏海と話したんだけど、基本的な食費や光熱費は、ぼくたちの方で負担させてもらうことにしようと思うんだ。月初めに食費や雑費を含めて、袋に入れてお母さんに渡すことにしたらどうかと夏海がいうんだ。光熱費はぼくの口座から引き落としになるようにすればよいし」

遼一の言葉に清は、驚いたようだった。

「私たちの食費まで、あんたたちにお願いしていいのかね」

「三人分も五人分もそんなに違わないと思っています。私は勤めていますから、帰りも遅いし、買い物はお母さんにお願いすることが、どうしても多くなると思うんです。私や遼一さんが買ったときは、領収書を渡して、袋の中からいただくことにします。それが一番、面倒がないと考えていますが、どうでしょうか」

清は、遼一の顔を見て、いいのかねと顔できいた。遼一はそれに答えるように話した。

「お母さんさえよければ、それでいいんじゃないかな。ぼくも夏海と同じ考えだよ」

清は、縁側の籐椅子に座っていた慎治にうれしそうに、報告しているのがきこえた。

「お父さん、遼一たちの気持ちを受けていいですね」

それから、食卓に戻り、庭造りの費用だけは自分たちに任せてほしいと二人にいった。

十時に、二階のデンワの呼び出し音が鳴った。遼一と夏海、明子はすでに身支度をしていた。明子が受話器を取った。

「おばあちゃん、これから行くの。パパとママと一緒に下りて行くから、ちょっと待っててね」

三人が階下に下りると、和服をきちんと着込んだ清が、下駄箱の前で待っていた。持っていたタオルセットの入った、紙袋を遼一に渡した。清は黙って南向きの玄関のドアを開けて、外に出た。

玄関の左側は、庭になっていた。以前から柘植の生け垣の内側は青石や赤石が植木屋の手で配置され、槙や松や木蓮、ピラカンサスなどが、日本庭園の風情で植えられていた。沓脱ぎ石に続く地面には、芝ではなく、タマリュウが青々としていた。京都風の庭が、清の好みであった。戦前、京都の女学校から、女子専門学校で、当時としては、珍しく、アメリカ人教師から英語教育を受けていた。

京都での生活から、京都風の文化が清に根付いていた。陶磁器や着物に対する愛着、そして和菓子に至るまで、形や味にこだわった。

清の横には明子が、後に、遼一、夏海と続いて、畑を隔てた隣家から挨拶が始まった。

「お早うございます。実は、昨日、長男家族が引っ越してまいりまして、一緒に住むことになりましたので、ご挨拶に来ました。遼一と嫁の夏海でございます。私のそばにおりますのが、孫で、明子といいます。四月から高校三年生になるんですよ。東京の方の高校にここから通います。長男夫婦も高校に勤めています。共働きなんですよ。お世話になると思いますがよろしく、お願い致します」

予定していた五軒への挨拶が終わって家に戻ると、清もさすがに疲れたようだった。夏海が茶を淹れると、美味しそうに飲んだ。

「私は小さいころ、時々おばあちゃんちへ来ていたから、顔を覚えている人もいたわ。ママは知らない人ばっかりだったんじゃないの。パパは知らない人いなかったみたいだったけど、前の古い家に何年ぐらい、住んでいたの」

と明子がきくと、遼一ではなく清が答えた。

「八年ぐらい。確か、四十三年の春まではいたね」

遼一には実家にいた最初のころから辛い日々だった。その後、苦労して、私立の女子高校の教員になったと思ったら、三年もしないうちに家を出ざるを得なくなったのであった。理由も何もいわないで、同僚の実家のアパートを借りて東京の下町に、移り住んだ。

弟の治が大学に入ったばかりで、清が遼一の給料を多少、当てにしていたことも分かっていた。当時、清や家族には理由がわからなかった。遼一は、それまでに、貯めた少しばかりのお金を持って、経済的に大きな不安を抱えて、家を出たのだった。

その遼一が、妻や子どもと一緒に戻ってきて、今日、近所に挨拶回りをしたのである。

「これから、車で夏海と一緒にマンションの掃除に行くことにしているんだ。だから、昼食は、途中で、サンドイッチでも買っていって、向こうで食べるよ」

遼一は清にさりげなくいった。

「そうかい。明ちゃんと私たちは、温かいうどんでも食べることにするから。それで、帰るのは何時ごろになるのかね。できたら、夕食の買い物をしてきてもらえると助かるんだがね」

今日は、すき焼きだなと遼一は思った。

この家では、元日の夕食や何かちょっとした客が来たり、子どもたちの入学、卒業、就職、祝日の夕食はすき焼きに決まっていた。それは、清が父親から引き継いだやり方であった。

清の父は青森出身で、明治の中ごろ親戚の住む神戸に移り、その後、アメリカ北東部のボストンに渡った。そこの大学で神学を専攻した経歴の持ち主であった。帰国後、青森で実家のりんご農家の仕事を手伝い、東北生まれの妻と見合い結婚をした。

それから、数年後、京都のキリスト教系の私立大学の要請を受けて、神学を教えることになったのである。そのため、家族共々、京都に移り住んだ。五人の子どもたちは、父の勤めている私立大学の付属学校に入学し、その大学や専門学校に進学したのである。

清にとって、子どものころからすき焼きは特別な料理であった。最上級の牛肉に、父親の特製の味付けが施された御馳走であった。

「分かった。すき焼きの材料でいいんだろ。マンションの近くのスーパーで、夏海に見立ててもらって、買ってくるよ」

遼一の言葉に、夏海が驚いていていった。

「お義母さんとあなたには、通じるものがあるのね。家族にはそれぞれの歴史があるという感じがしたわ。私の田舎では、何かあるとお赤飯なのよ。すき焼きなんて思いもつかなかったわ。できるだけ、上等な牛肉を買って、その他の材料も買いそろえてくるわ」

それから、掃除機やバケツに雑巾を車に積み込んで、遼一と夏海は出かけた。

マンションのドアの内側には、広い空間だけが広がっていた。夏海は独り言をいった。

「このマンションに引っ越した時は、嬉しかったわ。広くて、九階で眺めがよく、エレベーターの近くで、何もかも気に入っていて、ここで、ずっと住もうと思っていたのに」

それが、数日後には他人のものになる。

電気や水、ガスもまだ、そのまま使えた。遼一が一部屋ずつ、掃除機をかけた。夏海は雑巾を絞り、気になる個所を拭いていった。ベランダに面したサッシのガラスも念入りに拭いた。ベランダに置いた小屋で、小学生だった明子が飼っていたウサギが、三月の雪の日に死んでいた。それを抱いて、泣いていた姿を遼一は昨日のことのように思い出した。

遼一と夏海が、すき焼きの材料を買い込んで、三時過ぎに家に戻ると、ダイニングリビングキッチンで、清が誰かと話をしていた。

「お帰りなさい。早かったわね。今、内山のおばちゃんとお茶を飲んでいるところなんだよ。あなたたちもどう」

と清が機嫌よくいった。そばの椅子には慎治も座って、茶を飲んでいた。

「ああ、久子おばさん、いらっしゃい。昨日ようやく引っ越してきました。今後共よろしくお願いします」

　遼一が挨拶をした時、夏海が久子にお辞儀をしてから、いった。

「午前中、お宅へ御挨拶に伺いましたら、ご長男さん夫婦が出てこられ、丁寧な御挨拶をいただきました」

「あの時は、私はちょっとお隣にいて、失礼しましたね。どうか、この先、よろしくお願いしますね」

「夏海さん、こちらのおばちゃんとは、長いお付き合いでね。親類以上だと私たちは思っているんですよ。他人行儀ではなく、ほんとうに気楽な気持ちでいて下さいね」

　清の何気ない、久子の紹介を、夏海は素直に受け入れたようであったが、遼一は心の中で、戸惑っていた。毎日、毎日長時間、特に用事もないのに、居座っては、清に嫁の悪口や近所の家の内輪もめの話などをしていた。

　遼一は若いころ、家にいて、うとましく思っていた。清に、一日おきくらいにならないものかと、それとなく話したこともあった。

「そんなこと、いえないよ。あの人は一人暮らしで、家には誰もいないんだからね。そんな気の毒なこと、とてもいえないね。お父さんは無口だし、おばちゃんがくると家がにぎやかになって、私だって助かっていることもあるんだよ」

　内山久子は、長男家族と住むようになっても、毎日やってきた。以前よりも時間が長くさえなっていた。ほんのちょっとした用事を口実にやってきては、なかなか帰ろうとはしなかった。

階下でしばらく休んでから、遼一と夏海は二階に上がった。廊下の電気がついていた。夏海が明子の部屋の木のドアをノックすると、中から明子が出てきた。

「ママ、お帰りなさい。マンションの掃除済んだの。下にいたでしょう。あの和服を着た久子おばさんとかいう人が、ママたちが出かけてから、ずっといるんだよ。私も一緒にマンションに行けばよかったよ」

夏海は黙って、明子の言葉をきいていた。

「困るんだよね。あのおばさんには。結局、お袋が悪いんだけどね。まあ、ぼくたちは、二人共、普段は勤めがあるから、関係ないと思うがね」

遼一は夏海が着替えて、八畳の和室に入ってくると、明子にきこえないようにいった。

二階のデンワの呼び出し音が鳴った。明子が廊下に出て、受話器を取った。明子は呼び出し音がすると、いつも受話器を最初に取った。相手が誰か分かっているのに、デンワに出るといつも、同じ台詞で応対していた。

「どちら様ですか。ああ、溝口さんですね。こちらも溝口ですが、何か御用でしょうか」

それに対して、清も同じように応じた。

「溝口です。そろそろ夕食の準備をしたいと思いますので、皆さんによろしくお伝え下さいませんでしょうか」

明子と清はデンワでのやり取りを楽しんでいた。二階にはまだ、マンションから持ち込んだ電話が取り付けられていなかった。二、三日中に、電話局の担当者が取り付けにやってくることになっていた。外部への連絡は階下の電話で間に合わせていた。そんなこともあって、明子は友達と電話で話すことができなかった。いつもの長電話ができないことが寂しいのだろうと、遼一は思っていた。

「ママ、おばあちゃんから、夕食の支度しませんかって、デンワだよ」

夏海が開けてあるドアから出ると、遼一も廊下に出ていた。

「みんなで下に行こう。今日はすき焼きだから、その準備をしにおいでということだよ」

三人が階下のリビングダイニングキッチンにいくと、清がテーブルの椅子に座っていた。遼一が、奥の八畳の和室をのぞくと、慎治が縁側の籐椅子にもたれて、うとうとしていた。

「おばあちゃん、久子おばさんは帰ったの。私、おばあちゃんにいろいろ話があったのに、あのおばさんがなかなか帰らないから、困ったものだと思っていたんだよ」

明子は、ちょっと茶化して清にいった。

「明ちゃんの話って何だろう。今、話してくれてもいいよ」

「パパもママもいないところで、おばあちゃんだけに、秘密で話したかったから、ここでは、ちょっとね」

明子の言葉に遼一が口を挟んだ。

「明子はパパやママに話せないことがあるのか。心配だな」

そんな他愛ない会話が一段落すると、清が重い鉄板でできた、本格的なすき焼き鍋を戸棚の奥から取り出してきた。

「さあ、今日はこれでたっぷりと、すき焼きを作りましょうかね。遼一、夏海さんにやり方、説明してあげておくれ」

遼一は、清のもったいぶった言い方が可笑しかった。何ということもない、普通のすき焼きを作るだけのことだった。肉を炒めた後、砂糖が先で醤油が後という関西風であった。

ガス台でふつふつと煮たすき焼き鍋をテーブルの電気コンロに置いて、遼一の掛け声で乾杯した。明子はジュースで、夏海、慎治や清も、ビールを美味しそうに飲んだ。これが、五人になった家族の最初の、夕食であった。

二階のベランダは三つの部屋の南側に面していて、奥行きが一間半もあった。この家を造るとき、マンションのベランダを狭く感じていた遼一と夏海は、この部分だけは贅沢な広さにすることにこだわった。家が出来上がったとき、二人共、広いベランダに出てみてその開放感に満足していた。

「いろいろあったとしても、このベランダに出て深呼吸をすると、きっと気持ちが晴れ晴れすると思うわ」

と夏海がいうのをきいて、遼一はこの家を造ることができてよかったと思った。

ベランダの棹掛けの金具に、新しい洗濯物干しの棹が二本かけられていた。

夏海は、和室の八畳で本棚の本を整理していた遼一にたずねた。

「ねえ、ここに新しい棹が掛かっているんだけど、お義母さんが買っておいてくれたのかしら。私たちの持ってきたのは、引っ越し屋さんが置いていったまま、このベランダに敷かれている人工芝の上にあるんだけど」

引っ越した翌々日の朝食後のことだった。溜まっていた洗濯物を、四キロ以上も洗濯できる大きな全自動洗濯機を回していた夏海の言葉に、遼一は、ふっと、脳裏に厭な予感が走った。しかし、黙っていた。

その時、明子が自分の部屋のサッシの戸を開け、ベランダに出てきて、いった。

「ママ、その棹に、昨日おばあちゃんが洗濯物を一杯干していたよ。私が部屋にいたから、八畳間を通ってベランダに出ていたよ。声を掛けようとしたけど、あの例のおばさんの声がしたので、おばあちゃんは急いで階段を駆け下りていったよ。ママたちが帰ってくる前に取り込んでいたみたいだよ。私はベッドでうとうとしていたとき」

夏海は、何かいわなければと考えている風だったが、いうべき言葉を失ったように黙っていた。遼一がベランダにいる夏海に声を掛けた。

「洗濯物をどこに干すかということまで、まだ、話し合っていなかったな。下には洗濯干し場を造らなかったことに、気が付かなかったよ。だから、お袋はこのベランダに干すものと思い込んだのかもしれないな」

遼一は、清のことを夏海の前で、批判するのはまずいと思った。同じ日に引っ越せば、そういうことにはすぐに気付いたはずなのに。十日も後に引っ越したのでは、その間に、あの積極的な母なら、都合のいいように、自分流に運んでしまうことは、遼一には想像のつくことだった。

「お袋と話してみよう。二階はぼくたちの生活空間で、ベランダも同じだと思っているよ。どの部屋にしろ、二階の部屋を通らないと出られない造りになっているんだから」

遼一の言葉に、夏海は安堵したようだったが、遼一自身は難しいことになるなと思った。

「まだ引っ越して、三日目だけど、いろんなことが、何となくお義母さんのやり方で進められていくなと、感じはじめていたの。一軒で気持ちよく住むためには、面倒でも、それなりの話し合いが必要なんじゃないかしら」

遼一は夏海が、意外に冷静なので、ちょっとほっとしていた。しかし、母の清と話しあっても、清が遼一や夏海のいうことをどのくらい、理解できるかは疑問だと思っていた。

こんなちょっとしたことの行き違いから、せっかくのこの新しい家での生活が、不愉快で陰湿なものになっていくのはたまらないとも思っていた。

昨年の半ばから、自分たち夫婦のしてきた煩雑で、面倒で、多くの時間と金をかけた苦労の結果がまったく無駄になってしまう。その上、長年別居していて、上手くいっていた親子関係を壊してしまうことだけは、避けなければならないと遼一は思った。

遼一は夏海を伴って、階下に下りていった。入り口の和室の八畳の座卓を挟んで、清と久子が何か話していた。

「ああ、忙しそうですね。今日でこちらへ引っ越して、三日目ですかね。家の嫁さんはきれい好きでね。朝食が終わると、家中の窓を開けて掃除機をかけ、雑巾で水拭きするんですよ。しばらくは我慢しているんですがね。私はこちらに避難させてもらっているんですよ」

遼一は、目礼だけした。そして、こんな時間から久子が来ていることを改めて知った。

「おはようございます」

と夏海が挨拶をした。

「お母さん、後でいいけど、ちょっと話があるんだ」

と遼一がいうと、清が答えた。

「今でもいいよ。このおばちゃんは、気のおけない人だから」

「じゃ、私は、これから昼のパンを買いに行きますから、失礼します。後でまた、来ますから」

と久子は言うと、立ち上がった。久子の家での仕事の一つが、昼食のためのパンを近くのベーカリーに買いにいくことだと、清が話していたことを遼一は思い出していた。

「話ってなんだい」

清は気分を害したような言い方で、遼一に向かっていった。

「洗濯物の干し場所のことなんだけど、お母さんたちの干し場がないことに気付いたんだよ。下のどこかに、造る必要があると思ってね。その相談なんだよ」

「それなら、心配ないよ。あんなに広いベランダがあるんだから、二階で少し不便だけど、あそこに干させてもらっているから」

清は軽く受け流した。

遼一は、清のそういう態度が不快だったが、一方では、手ごわさを感じていた。

「この一階には、洗濯干し場がないんだよ。どこに干したらいいのかね。私はこの家に引っ越ししてきてからは、ずっと、二階のベランダに干しているよ」

清は、明らかに気を悪くしていた。

「お母さんのいうこと、分かるよ。ぼくたちも、一階の洗濯干し場がないということに気付かなかったんだよ。だから、できるだけ早く造ることを考えなければならないと思っているんだ」

清は一階に洗濯干し場なんかいらないと思っているようだった。あんなに広い日当たりのよいベランダがあるのに、どうして、そんな必要があるのか理解できないようだった。

「お母さん、この家の二階は、ぼくたちの居住スペースと考えて造ったんだよ。だから、ベランダに出るには、どの部屋かを通らなければならないつくりになっているんだよ」

「そんなこと、私は知りませんでしたよ。最初から、そういう説明をしてくれればともかく、いまさらと思いますよ」

遼一は、黙っている夏海にいった。

「夏海からも、お母さんに何かいったら、どうなんだ」

「お義母さん、ごめんなさいね。私たちの手落ちで、とてもいやな思いをさせて。この家でこれから長く、お義母さんたちと気持ちよく住みたいと思っているんです。ですから、何とか気持ちを分かって欲しいんです」

夏海の言葉をきいた清が、少し冷静になったようだと、遼一は思った。

「ねえ、お母さん、一階に物干し場を造ることを了解してよ。もちろん費用はぼくたちが出すから」

「そうだね。あんたたちがその方がよいというのなら、それでいいですよ。私もいちいち二階まで、洗濯物を持って上がり下がりするのも、大変だとは思っていたからね」

そういう話し合いをした翌日、遼一は植木屋に一階に物干し場をつくるとしたら、どこがいいのかを検討してもらった。長い付き合いのある植木屋は、清と話し合って、奥の八畳に繋がる広い縁側の外に、棹の掛けられる頑丈な物干し台を設置してくれた。

清はそんなことがあったことを忘れたかのように、遼一たちにもとのような接し方をしていた。

春休みは、引っ越しやマンションの受け渡しなどをしているうちに、終わってしまった。遼一も夏海も気持ちの準備もできないまま、新年度を迎えた。明子は高校三年生になった。

朝、六時半過ぎには、三人は家を出た。

最寄りの駅は私鉄で、徒歩十分程だったが、乗り換えがあるので、少し離れてはいたが、国鉄の駅の近くの駐車場を月極めで借りる契約をした。通勤は夏海の車で、三人一緒に出掛けるようになった。清は二階の家族が出掛けてから、慎治と朝食をするようになった。

新年度になると、遼一も夏海も仕事に追われて、清とのことを考える余裕もなく過ごしていた。

夏海が帰宅するのは、六時から六時半の間が多かった。遼一は、普通の日は六時過ぎに帰っていたが、組合関係の会議等、職場以外での仕事が忙しく、週に三回ぐらいは夜中に帰っていた。明子は学校の授業の後、受験のための予備校に通っていたので、ほとんど九時過ぎだった。

夏海は清や慎治と三人で、食事をすることが多かった。しかし、遼一や明子は、外食をしたり、遅く帰って一人で食べることも珍しくなかった。

食材は大体、清が近くのスーパーで買うようになっていた。それを清の考えている惣菜に調理するのが夏海。というような役割分担になっていた。清は料理が好きで、いろいろ手をかけて、上手に手料理を作ることができた。その調理の仕方を、夏海に教えることができるのを楽しんでいるようであった。特に、てんぷら類の揚げ物は得意で、夏海は、調理人のようだと遼一に報告したことがあった。

夕食で五人がそろうのは、日曜日と祝日ぐらいだった。そういう日は夏海が食材を買いに出掛けて、清が料理の腕を振るった。

「おばあちゃんの料理はすごくおいしいよ。ママなんか、三人だけのころは、料理なんか、手抜きばかりだったんだよ。だから、ママもパパも遅い時は、私は例えば、挽き肉を五十グラム買ってきて、自分一人分だけのハンバーグを作ったことだってあったんだよ。中学の家庭科の先生が、食事をきちんと作って、食べることは、すごく大切なことだと授業で教えてくれたから」

明子の言葉に、清は満足げだった。夏海のひとこといいたげな様子を察して、遼一が、自分でも、思いがけない発言をした。

「明子も、大人になって、仕事をするようになると分かると思うが、ママのように男性と同じように働いている女性は大変なんだよ。だから、家のことは思う存分という訳にはいかないのは仕方がないんだよ」

「私、仕事に就かないで、家で子どもをたくさん産んで、育てるわ。そして、おばあちゃんみたいに美味しい料理を作ることを考えることにしようかな。だって、男の人は仕事だけでいいのに、女の人は大変で、損だもの」

遼一は、明子の言い分をきいて、夏海と自分のことを、明子が頭においていっているのかもしれないことに気付いた。外で仕事をしているだけでも大変なのに、家事のほとんどを仕切り、その上に、義理の親たちと同居して、何やかやと気を遣っている夏海のことを、明子が可哀想だと思っての言葉かもしれないとおもったのである。

夏海は明子の顔を黙って見詰めていた。

明子はけろっとした顔で食事を続けていた。

階下でかけている掃除機の音で、二階のベッドで寝ていた遼一は目をさました。枕元の時計を見ると午前十時を過ぎていた。

この家は一階と二階の音がとてもよく響いた。一階の天井と二階の床の間が空間になっており、それが太鼓のように音を振幅させるためにそうなるという、メーカーの設計担当者の説明に納得した訳ではなかったが、そのことはすでに、家に住み始めてから気づいたことだったので、諦めるしかなかった。

六月半ばの月曜日、遼一は、勤務先の学校行事の代休で休んでいた。前夜、教材準備のための調べ物をしていて、朝方寝たので、今朝、夏海や明子が出掛けたことにも気付かず、眠っていた。しばらくすると、掃除機の音が止み、人の話す声がきこえた。内山久子のかすれたような老人の声ではなく、かなり若い女の人の声だった。

気になったのでパジャマの上にガウンを着て、階段を下りて、リビングダイニングキッチンに入っていった。そこには、会ったこともない、五十半ばと思われる女性がいた。その女性は、小柄で、薄い黄色地にいくつもの花を描いたエプロンをしていた。

遼一に気付くと、彼に深々とお辞儀をした。

「初めまして、宮田家政婦会から来ています中山といいます。先月から、こちらに週二回掃除に来ています。よろしくお願いします」

と挨拶された遼一は、口ごもった。

「どうも、この家の長男で遼一といいます」

その時、清はそばにはいなかった。

「お母さんはお庭の方にいらっしゃいますが、お呼びいたしましょうか」

とその女性がいったが、遼一は断って二階に引き上げた。

昼食時に、遼一が、清に話を切り出した。

「お母さん、さっき、中山さんという人に挨拶されたんだが、掃除に来ているんだって」

「私の方で支払うので、あんたたちには関係ないと思って話してなかったんだけど、先月から下だけの掃除を頼んでいるんだよ。何しろ私も歳だから、掃除は疲れるんでね」

清の説明によると、中山という女性は、夫の女性問題が原因で、離婚したということだった。中学生の男の子を抱えて、この近くのアパートに住んでいて、最近、家政婦会に入って仕事を始めたというのだ。この家には、週二回、三時間ずつ、階下だけの掃除にきているという話だった。清は、悪びれずにあっさりとした口調で、遼一に報告した。

しかし、遼一は釈然としない思いで清のいうことをきいていたが、その時は黙ったまま、食事を終えて、二階に引き上げた。

夕方、早目に帰った夏海に、二階の八畳間で、午前中の出来事を簡単に説明した。

「あなたの意見を聞かせて欲しいわ」

夏海は、きっとした表情で、遼一を見詰めた。

「お袋と話してみる必要があると、ぼくは思っているんだ。ともかく、夏海に話してからの方がいいと思って、待っていた」

「話してどうするの。そしたら、掃除の人を断ると思うの。お義母さんが、そんなことで引き下がるとはとても思えないわ」

夏海がいう通りだと、遼一は思った。しばらく様子を見てからの方が賢明に思えた。

そういうことがあって、しばらくして、珍しく五人の家族がそろっての夕食時、夏海の作った肉じゃがと青物野菜のサラダがテーブルにならべられ、穏やかで、他愛ない家族の会話がやり取りされていた時だった。清がきいて欲しいことがあるといいだした。

「この間から、話そうと思っていたんだがね。内山のおばちゃんに頼まれたこともあって、また、子どもたちに英語を教えることにしたんだよ。中学生なんだけどね。週三回、教える約束をしたんだよ。夕方六時から八時までだけど、そこの八畳間でやらせてもらうことにするからね」

遼一が、清の言葉が終わるか終わらないうちに、激しい口調で一気に反論した。

「お母さん、塾は止めたという話だったろう。この家は塾をやれるような間取りになっていないんだ。内山のおばさんがどういったかは知らないが、それを口実に、お母さんがそういうことをいうのは心外だと思うね。あのおばさんのことだって、ぼくたちは、ずいぶん譲歩しているんだ。おかあさんにとっては、とても親しい大事な友人かもしれないが、あんな風に毎日、毎日、人の家にやってくるなんて普通では考えられないよ。夏海は何もいわないが、姑が二人いるようなもんだとぼくは、思っているよ。夏海の車がないときを見計らってやってきているそうじゃないか」

清は不機嫌さをあらわにして、遼一にいった。

「私が家で英語を教えることがそんなに悪いことなのかね。それも、自分で宣伝した訳ではないよ。内山のおばちゃんだけではないんだよ。その他の人たちからも頼まれているんだよ。あんたたちだって、仕事にいっているじゃないか、私だって、できることをしたいと思うのは当たり前だろう」

　黙ってきいていた夏海が静かにいった。

「お義母さんが、英語の塾をされることがどうなのかということではないと思っています。そういう条件があるならば、私は、やってもかまわないと思うんです。ただ、ここで一緒に暮らすようになって、三カ月余りになりますが、いろいろなことがきちんと話し合われないまま、進められていることが大きな問題だと思っています。それに私たち、三人がここに家を建てて、住むようになった経過についても考えていただきたいと思うんです」

　夏海が、こんなに断固とした言い方で、自分の考えを、清の前で話したことはなかった。

　その時、明子が静かに話題に加わった。

「ねえ、パパ、おばあちゃんが英語の塾をやることに賛成してあげて欲しいの。七十過ぎたおばあちゃんの歳で、英語が喋れて、中学生に英語を教えられるなんて、凄いと思っているよ。教えて欲しいという生徒たちがいるんだから、そうさせてあげて、おばあちゃんは私の自慢なんだよ」

　清は明子の意外な発言に驚いたようだった。少し、涙ぐんだようにも見えた。

「明ちゃん、ありがとう。おばあちゃんは明ちゃんのその言葉がとても嬉しいよ。こんなに優しい孫がいてくれて、本当に幸せだよ」

　遼一は自分が、母親の清に対して、ずいぶんひどいことをいっているんだろうかと、頭の中で改めて考え始めていた。

この家で住むようになって、自分たち夫婦の間が、以前には考えたこともなかったような危うさを感じていた。遼一の母の清に、妻の夏海が何も感じていない訳でないのは明らかだった。しかし、これまで夏海は自分の気持ちを清に対したあらわにするということがなかった。そのことはいつか重大な結末を迎えるのではないかと恐れるのだった。

「ところで、お父さん、お母さんが塾をやると決めたという話について、どう思っているのか、意見をいって欲しいんだ」

突然、遼一が父の慎治の方を見て、改まった口調で訊いた。皆が、慎治の顔を見ていた。しばらくの沈黙の後、慎治が話した。

「この家は遼一の家だとぼくは考えている。だから、何かの時は、遼一の了解が必要だと思っている。ぼくは隠居した身だから、何もいうことはないよ」

遼一は父の慎治に申しわけないことをいわせたと思った。しかし、一方、その言葉の重みを引き受けて、家族五人が穏やかに住めるようにしていく義務と責任が、自分にはあると初めて思った。

父は八十歳を超え、老化で記憶力が低下し、目もみえにくくなっていて、ほとんど話さなくなっていた。その慎治が心の深いところで、この家族がうまくやっていくためには何が必要かということについて考えていたということは、遼一の新しい発見であった。

清は遼一と夏海の方を見て、話した。

「遼一、夏海さん、私は少し考え違いをしていたのかもしれないと、今わかったんだよ。私たちの家に長男家族がやってきて、一緒に住んだんだから、私のやり方でやっていいと思ってしまったんだね。改めて、二人にお願いして、この家で、子どもたちに英語を教えさせてもらえないだろうか」

遼一も夏海も、清が英語を教えることを拒否する理由はなかった。

「お義母さん、頑張って下さいね」

「おばあちゃん、応援するよ」

夏海と明子が相前後して清にいった。

第六章　崩壊

一階の八畳の和室に置かれたテレビが、昭和天皇の死去に関するニュースを報じていた。

朝食後、遼一たち家族四人はテレビのニュースに見入っていた。

暮れから来ていた、明子が大学三年生になっていた。正月の三が日が終わると、都心にある自分のアパートに帰っていった。

「昭和が六十四年目で終わったということね。ところで次の元号は何になるのかしら」

と夏海がいうと、遼一が応じた。

「まだ、決まっていないんだろう。決まっていたら、テレビで報道しない訳がないよ」

清が、関心ありげな様子でテレビに見入っていた。慎治も清の横のソファーに座り、白内障の手術後に作った度の強い眼鏡を掛けてテレビの方を見ていた。

昭和が平成に改元されたのは翌日の八日だったが、七日の午後二時半過ぎに、《平成》と墨書された文字が額に収められ、内閣官房長官の顔と共に、全国に映像配信され、テレビで放映された。

「平成になるんだね。明日、生まれた赤ん坊は平成元年生まれになるんだろう。何だか一日違いで、損なのか得なのか、不思議な気がするよ。ねえ、お父さん」

清の問いかけに、慎治は黙っていた。

明治、大正、昭和そして平成と元号が変わり、その分、歳を重ねてきたことを、慎治がどう考えているのか。遼一はきいてみたいと思ったが、このころ、一段と体力が衰えてきている父に問いかけるのが憚られた。

遼一も夏海も明日から、新学期が始まる。遼一は職場での状況がこれまで以上に厳しいものになることを内心感じていた。明子は就職活動が大変だということだし、ともかく家族が元気でいられることを願っていた。

「私の英語の塾で、高校入試を受験する生徒たちが三人もいるからね。病気なんかしていられないよ」

その日の午後遅く、いつものように久子がやってきた。寒い中、普段着のウールの和服のうえに綿入れのちゃんちゃんこを羽織り、手編みの厚手のショールをしていた。

「平成になりましたね。ところで西暦だと何年でしたかね。年寄りにはややこしい」

「おばちゃん、今年は一九八九年ですよ」

「イエス様の年を忘れるのはまずいですね。私とおじちゃんは同じ歳ですから、平成が終わるのを見届けてから天国にいきましょう」

慎治の側で、清と久子が会話をしていた。

慎治は正月に入ってから、少し体調を崩していた。清が買い置きしていた市販の風邪薬を飲ませており、微熱でおさまっていた。

遼一と夏海が仕事に出掛けるようになった。昼間は、清と慎治、それに、毎日やってくる久子を加えた三人の老人の時間だった。

平成の最初の年が、静かに時を刻み始めていた。

慎治の熱は三七度位だったが、体調はすぐれなかった。朝も起きられなくなっていて、清がベッドに食事を運んでいるということだった。一月半ばになっても同じ状態だった。

遼一が帰ると、清が心配そうにいった。

「お父さんの具合があまりよくないいんだよ。一度、ちゃんとした病院で、検査してもらった方がいいと思うんだよ」

遼一が奥の八畳の父のベッドの傍らに行って様子をみた。慎治は、うとうとしていた。

「お父さん、ぼくだよ。身体辛いのかな」

「うーん」

遼一の呼びかけに応じているのかどうかさえ分からなかった。遼一は、病人の状態を的確に判断できなかったので、父の慎治についても、どう考えてよいか判断できなかった。

「お母さん、ぼくより、夏海の方がいろいろ分かると思うから、夏海が帰ったら相談してみるよ」

「そりゃそうだね。ところで、夏海さんは何時ごろ帰るのかしらね」

遼一と清がそんな会話をしている時、玄関のドアが開く音がして、夏海の声がした。

「ただいま。外冷えているわ」

清が小走りに玄関で夏海を迎えて、いった。

「夏海さん、待っていたのよ。お父さんの具合があまりよくないんだよ。遼一では、役に立たなくてね。あなたの帰るのを待っていたところなのよ」

コートを着たまま、夏海は奥の和室の慎治のベッドの傍らに行った。そして、慎治の様子を、夏海のやり方で丁寧に観察した。

「お義父さん」

と声を掛けたが、応答がなかった。額をさわると、熱くはなかったが、息が荒かった。何より、慎治の身体全体がぐったりしているのが気になったようだった。

夏海はそばに突っ立っていた遼一にきいた。

「ねえ、あなた、往診に来てくれる医者はいないかしら、いつもお義母さんが腰痛でかかっている医者でもいいんだけど」

清がいった。

「あの医者は見立てはいいんだけど、高齢だから往診はしてもらえないんだよ」

「じゃ、救急車を呼びましょう。それが一番いい方法だと思うわ。保険証とお金忘れないでね。それから、あなたはお父さんに付き添って救急車に乗ってね。私とお義母さんは、私の車で追いかけることにするから」

そういうと、夏海は電話で救急車を呼ぶ手配をした。間もなく救急車がサイレンを鳴らして、到着した。救急隊員が本人の様子を確認し、慎治を担架に載せ、酸素マスクをつけた。それから、病院と連絡を取り、病状をかいつまんで報告した後、サイレンを鳴らして走った。病院の救急搬送の入り口に着いたのは、午後七時半を過ぎていた。一月半ばの凍てついた夜空に星が輝いていた。

救急外来患者として、ストレッチャーに載せられた慎治は眠っているように見えた。そのまま医者のいる救急用の診察室に通された。遼一が心配そうに診察室の隅に立っていた。そこへ、清を伴った夏海が着いた。

聴診器を慎治の胸に当てていた医者が、レントゲンを撮るように看護師に指示した。

「ご家族の方はしばらく廊下でお待ち下さい。すぐにレントゲン写真ができますので、それから説明させていただきます」

医者はカルテを書いていたが、すぐに次の急患が運ばれてきた。

清は心細そうにしていたが、遼一と夏海が清を真ん中にして、病院の廊下のソファーに座っていたので、だんだん落ち着いてきたようだった。ソファーの前を白衣を着た医者や薄いピンク色の看護服を着た看護師たちが慌ただしく行き来していた。

病院で働く医者や看護師などの勤務時間は想像を超えていると遼一は思った。間もなく午後八時半になろうとしていた。

慎治を載せ、看護師に押されたストレッチャーが三人の前を通過して、先程の診察室に入った。しばらくすると、看護師に呼ばれた。

「溝口さん」

三人は診察室に入った。

「ご家族の皆さんですね。胸のレントゲン検査の結果、肺炎をおこしていることが分かりました。八十三歳というお歳ですから、危ないところでした。高齢の場合、肺炎でも、大した熱を出さないことがよくあります。今回の場合も熱は三七度程度ですが、この患者さんはしばらく、肺炎の状態だったと思われますので治るまで、少し時間がかかると思います。入院の手配をしますので、ご了解下さい」

三人は再び、廊下で待つことになった。

看護師が三人のそばにやってきた。

「お部屋が決まりましたので、ご案内します。あいにく、個室しか空いていませんでしたので、そちらに入っていただいています。三階の十号室になります」

三人が個室に入ると、慎治がベッドで点滴をされていた。相変わらず、眠っているように見えた。病院には、緊急用の寝巻きがあり、慎治もそれを着せられていた。部屋は暖かく、加湿器がゆるい湯気を放っていた。方角は分からなかったが、大きな窓がある部屋だった。

夏海が看護師にきいた。

「今晩は、家族が付き添わなくてもよろしいんでしょうか」

「今晩は眠り続けられるでしょうし、完全看護になっていますので、私たちの方できちんと看護します。明日、午前中にでも、来ていただければ、ご本人も安心されると思います」

看護師は三十代半ばの落ち着いた雰囲気の女性だった。

清がほっとした表情で夏海に話しかけた。

「夏海さんのおかげでお父さん助かるんだね」

午後九時半すぎに、三人は夏海の車で帰宅した。遼一も夏海も夕食を食べていないことに気がついた。清が準備していた惣菜を食卓に並べて、二人に声を掛けた。

「大したものは作れなかったけど、お茶づけのお菜にして食べてくれるかね。私も相伴させてもらうよ」

「お義母さんだって疲れているんだから、気を遣わないで下さい」

三人は言葉少なく、夕食を食べた。

「遼一、お父さんのこと、澄子や治に知らせてもいいだろうかね。これから」

「そうだね。早く、知らせてやった方がいいかもしれないね。来られるかどうかはあちらの事情もあるだろうが、自分の親のことなんだから」

清はそれから間もなく、電話の前に座って、自宅専用電話簿から、澄子と治の電話番号を別な紙に大きく書き写して、電話をかけた。澄子も治も家にいて、慎治の病状を清に詳しくきいているようだった。

「治は明日の午前中に来られるそうだよ。それから、澄子はどうしても用事が入っているとかで、明後日には来るということだったよ。二人とも、私が一人ではないので、それ程、心配しているふうでもなかったね」

と清は遼一と夏海に報告した。

遼一は困ったことになったと思っていた。普通なら、明日は休暇を取って、清と一緒に病院に行かなければならないが、遼一は職場で、非常に厳しい状況に置かれていた。二人いた組員の一人が、この三月で退職し、別な仕事に着くということを内々きかされていたのである。職場には、遼一だけが残されることになってしまえば、これまで以上に、経営者からの圧力がかかるのは間違いなかった。解雇を撤回して職場に戻った、遼一のような立場では、労働基準法で決められている有給休暇など、絵に描いた餅のようなものであった。勤務状態は常に経営者に監視されていた。

「お母さん、明日のことだけど、ぼくは職場を休むことができないんだ」

遼一がいうと、夏海が言葉を継いだ。

「私は、明日の午後、外せない会議の予定があるけど、お昼ごろまでなら、休暇取れるから大丈夫よ。午前中に、治さんも来てくれるというから、治さんに会ってから出掛けるわ」

清が夏海にいった。

「すまないね。そうしてもらえると助かるね。私一人ではとても不安だし、夏海さんについていてもらえると、非常に心強いよ」

遼一は、何かことがあるといつも夏海が犠牲を払って、助けてくれることを心のどこかで期待していた。そして、それが当たり前のことのようになっていることに気付いていなかった。遼一は夏海のしてくれたことを別な形で返すことなど、考えたこともなかったのである。

翌日、遼一がいつものように出勤した後、清と夏海はパンとミルクティーだけの朝食を一緒にした。八時少し前に、夏海は職場に午前中の休暇の連絡を入れた。

「お義母さん、お義父さんのパジャマや下着類、タオルなどをそろえましょうか」

というと、清が答えた。

「昨日の夜、看護婦さんから渡された紙に書かれた一通りのものを、大きな紙袋に入れたんだけど、これでよいかどうか見てくれるかね。落ちていると困るから」

夏海は清にいわれるままにその中身を点検した。

「お義母さん、夜中に準備したのね。全部そろっているわ。あと、何か必要なものがあったら、病院の売店で買えばいいから。少し、早いかもしれないけど、出掛けることにしましょうか」

「そうだね。もう、お父さん、目を覚ましていると思うんだよ」

夏海は清の作った入院のための荷物を車のトランクに乗せた。清を後部座席に乗せて、昨夜の病院に向かった。十五分程で病院に着いた。駐車場に入る車が三、四台並んでいる後に自分の車をつけた。それから、順番を待ち、駐車場の空いているところを見つけて、車を停めた。すでに、駐車場は八割方、埋まっていた。病院の外来待合室には、いろんな科を受診する患者や付き添いの家族で、いっぱいだった。そこを通り抜け、受付の事務員に内科病棟への行き方をきいて、夏海は荷物と自分のバッグを持って、広い病院の廊下を足早に歩いた。清は袋型のバッグを持って、夏海の後を追った。

　ようやく、昨夜の病室のある階のナースステーションに着いた。そこで、事情を話した後、慎治の寝ている個室に案内された。

　慎治は目覚めていたが点滴をされていた。

「お父さん、大丈夫ですか。本当に心配しましたよ」

　清がいったが、慎治は言葉を発しなかった。しかし、清と夏海の顔は確認できたようで、二人の顔をじっと見ていた。

「お義父さん、遼一さんは、今、職場を休めないので、来ませんでしたが、とても心配して、出掛けました。夕方こちらに来るといっていました」

　と夏海がいうと、続けて清がいった。

「昨夜、電話したら、治が午前中に来るといっていましたよ」

　慎治は相変わらず、黙っていた。目の動きから、慎治にはきこえているようだと夏海には見えた。

　清がベッドのそばに置かれた、小さなもの入れに、丁寧に、入院用に準備したものを畳んで納めていた。夏海は部屋の外に出て、売店を探した。そして、清と自分のためにリンゴジュースのパックを二個買って戻った。

　昨夜とは違う若い看護師が入ってきた。

「溝口慎治さん、おはようございます。ご気分はいかがですか。お熱と血圧を測らせていただきますね」

黙っている慎治の脇腹に体温計を挟んだ。しばらくすると、体温計が、ピッピッとなった。看護師はそれを取り、その目盛りの数値をカルテに書き込んだ。それから、腕に血圧を測るための布を巻きつけ、血圧を測った。その数値も書き込んだ。

「どうなんでしょうか。主人は」

と清が心配そうな声で看護師にきいた。

「体温はそれ程、高くはありませんが、血圧が高めですね。下が九十あります。午後、回診の先生が見えますので、病状の説明があると思います。今の感じでは、それ程、悪くなっている訳ではないと思えます」

そういうと、看護師は部屋から出ていった。

「お義母さん、病院にいるんですから、何かあっても、すぐに対応してもらえるし、お義父さんの様子もよくなっているように思えるわ。私たちの話がきこえていると思うのよ。昨夜はほとんど眠っているようだったわ」

そういいながら、夏海は清にリンゴジュースのパックを手渡した。清はパックについたストローから、ジュースを美味しそうに飲んだ。夏海も一緒に飲みながら、清にいった。

「お義母さん、昨日はあまり眠れなかったんじゃないですか。このソファーに、少し横になったらどうですか。横になるだけでちょっと楽になりますよ」

「そうだね。治が来るまで、横にならせてもらおうかね」

そういって、清はソファーに横になった。七十代半ばになっていた清は気丈に振る舞っていたが、身体はこれ以上、無理できないと、考えているようだった。

十一時すぎに、病室の戸がスーッと開いて、背の高い男が入ってきた。遼一の弟の治だった。慎治は身長が一八〇センチ近くもある大柄な体格で、二人の息子たちも父親に似て、背が高かった。

治は遼一よりも九歳若かった。建築工学科を出て、中堅の建設会社に勤務していた。妻は通信関係の会社に勤めていた。子どもが二人いて、上が小学五年生の男の子で、下が二年生の女の子だった。都下のマンションに住んでいた。

「やあ、義姉さん、久しぶりです。それで、親父の具合はどういう風なんですか」

慎治は点滴を受けて、うとうとしていた。

「悪かったね。仕事を休ませてしまって。見た通りなんだよ。昨夜のレントゲンの結果では、肺炎を起こしているというんだよ。熱は三七度ぐらいなのに、肺炎なんだそうだよ。肺炎というのは高熱になるものだと思い込んでいて、私が油断してしまったんだね」

疲れた顔で清が説明した。

「兄貴は休めないんだろう」

「そうなのよ。今、特に難しいことになっているみたいなのよ」

職場復帰した組合員たちが次々に辞めて、この四月からは、組合員は遼一、一人になってしまうと夏海が説明した。若い人たちが辞めていく気持ちも分かるというの。複雑よね。でも、彼は絶対に辞めないと決めているようだとも説明した。夏海は遼一が、他の企業で、利益目的のために齷齪と働くことは自分にはできないと考えているような気がしていた。

治は兄貴は信念の人だからといい、また、五十にもなって、辞めて、どこか他の企業に就職するのは難しいだろうとも付け加えた。

「治さん、午後、先生の回診があるというのよ。私も話をききたいんだけど、今日の午後にはどうしても外せない会議があって、これから、職場にいくことにしているの。申しわけないけど、お義母さんと一緒にいてもらえるかしら」

「ああ、いいですよ。夕方、家までお袋を送ってから帰るから。兄貴も夕方はこちらに寄るだろうし」

遼一と違って、治はいろんなことによく気が付いて、また、とても器用で、清の信用も厚かった。清は治が来たことで、ずいぶん気が楽になったようだった。夏海も安心して職場に出掛けられる気持ちになっていた。

夕方、七時すぎに、夏海が帰宅した時、清と遼一がリビングダイニングキッチンにいた。

「夏海さん、今日はありがとう。あれから、治と一緒に回診の先生に会っていろいろ話をきいたんですよ」

「夕方、ぼくがいくと、治がまだ、いてくれてね。車で家まで送ってくれたよ。それから、食事もしないで、帰ったよ。子どもたちも小さいし、彼女も働いているから、大変だったと思うよ。それでね。親父のことなんだけど、肺炎が落ち着いたら、精密な検査が必要だと医者がいったそうなんだよ」

「どういうことかしら、他に何かあるということなの」

夏海がきいた。

「お父さんは、二十年余りも前のことだけどね。腸ねん転で手術して大変だったことがあってね。それが原因だと私は思うんだけど、少し、下血しているというんだよ」

当時、昭和天皇の病状が悪化した前年の終わりごろ、マスコミが盛んに〈下血〉という言葉で、天皇の病状を紹介していた。それ以後、この下血という言い方が、それ以前はあまり使われなかったが一般的になっていた。

清が慎治の病状の説明に〈下血〉という言葉を使ったのも、そういうマスコミが作り出した社会現象的な背景があったと遼一は感じていた。

昭和天皇の没後、元号が平成になってから、まだ、十日余りしか経っていなかった。

翌日の夕方、夏海が帰宅すると、澄子がきていた。遼一は、まだ戻っていなかった。

「夏海さん、久しぶりですね。このたびはお世話になっています。今日、昼すぎに病院に着いて、父の様子を見てきましたが、あまりよくないですね」

澄子は中背だったが、清に似て骨太で少し太っていた。性格も大らかだった。その澄子が珍しく暗い表情で夏海に語った。

「昨日、肺炎が少しよくなったら、精密検査をするということでしたが、そのことでしょうか」

と夏海がいうと、清が答えた。

「そのことなんだけど、下血がひどくなっているというんだよ。検査をしてみないとはっきりとしたことはいえないと、お医者さんはいうんだけどね」

夏海は義父の八十三歳という年齢を考えると、何があっても不思議はないといっていた遼一の言葉を思い出して、清にいった。

「お義母さん、病院の先生のいうとおり、現在の病状の経過をみて、検査をしてもらってから、これからのことを考えることにするしかないと思うの。遼一さんもそういっていたわ」

澄子が慰めるように清に声を掛けた。

「そういうことよね。お母さんが心配して、倒れられたら、それこそ大変だから、ゆっくり身体を休めるように考えていかないとね」

その時、玄関のドアが開く音がして、遼一が帰宅した。清が部屋から出て行って玄関で遼一を迎えて、いった。

「病院に澄子が来てくれて、今日は泊まっていくといっているんだよ」

「ああ、そう」

と遼一はいい、部屋をのぞいて、澄子に声を掛けた。

「お姉ちゃん、遠いところ大変だったね」

「お母さんから電話もらった翌日、来たかったんだけど、主人の仕事を手伝わなければならない用事があって、どうしても来られなかったの。悪かったんだけど」

淹れた茶を飲みながら、夏海が父の慎治の様子を話した。誰もが、何かよくないことになりそうだという予感を感じているということが、遼一には分かった。しかし、話をそういう方向にもっていかないように、一人一人が気を使っていた。

澄子は遼一とは年子で、五十代になっていた。ただ、結婚が遅かったので、二人の息子の下の子は、まだ、高校に通っていた。年齢が九歳も年上の夫は税理士事務所を自営していた。一見、華やかなイメージの仕事のようだが、六十歳を超えた夫の仕事は、こつこつと地味に個人営業の商店の税務の相談が主だったので、経済的には恵まれていなかった。澄子が時々清を頼って、お金の相談をしているらしいことを、遼一は知っていた。

それから一週間後、医者が家族に話があるといったと、清が遼一に報告した。部屋を指定して、午後三時に家族で来てほしい旨を清に看護師から伝言されたとのことであった。

遼一は昼すぎで職場を早退することにしなければならないと判断した。父の慎治の病状に関する重大な説明が医者からされるにちがいないと思ったからである。清、一人では、とても耐えられないだろうと考えた。

夏海にも同行してほしかったが、今後の事態の中で、夏海と手分けしながら対応する必要を感じていたので、あえて夏海に頼まなかった。

「遼一、頼むよ。お父さんの一大事ではないかと、私には思えるんだよ。だから、今回だけは、長男のあんたに一緒に来てもらいたいんだよ」

清なりに、夫の病状がかなり悪い方へ進んでいると感じていたようだった。

「お母さんの気持ち分かったよ。ぼくが医者の話を一緒にきくから心配しなくていいよ」

遼一のそういう態度に接したことがあまりなかったので、夏海はちょっと驚いたようだった。清が以前、遼一を自己中心的で、傍若無人な性格に見えるが、勘どころは押さえているところがあると、夏海にいったのを思い出した。

翌日、遼一はいつものように、朝早く職場に出掛けた。夏海の車で駅まで一緒に行き、電車の途中駅で夏海と別れた。

午後二時すぎに、遼一は病室に着いた。

「待っていたよ。お父さん、ずっと眠っているんだよ。さっき、看護婦さんが来て、三時によろしくお願いしますといっていったよ」

「お母さん、あまり心配しない方がいいよ。皆で相談していけばいいんだから。医者もついているし」

遼一は清にそういいながら、父の慎治の様子をうかがった。ほんの十日程の間に、頬がれて横たわっている姿が痛々しかった。

三年ほど前、現在の地にあった古い家を壊している光景をそばに並んで立って見ていたころの、父の慎治は、清がいろいろいっていた割には元気があったと遼一は思い出していた。

看護師が病室の戸を開けて入ってきて、遼一の方を向いていった。

「これから、一階の面談室までご案内しますが、よろしいでしょうか。担当医がそちらでお待ちしています」

その看護師の後に遼一と清が続いて、エレベーターに乗り、一〇三と書かれた部屋に導かれて入った。

中年の、臨床医として経験を積んでいると思われる医者が窓際に置かれた机に座っていたが、立ち上がり、遼一たちに挨拶をした。

「溝口慎治さんの担当医の川井といいます」

穏やかな口調でいい、遼一に名刺を渡した。

名刺の肩書きには、内科医長と書かれていた。

「お世話になっています。長男の遼一といいます。こちらが慎治の連れ合いの清です」

というと、看護師に座るようにいわれたテーブルの前の椅子に二人は並んで腰掛けた。そのテーブルの真向かいには、レントゲンフィルムを映し出す観察器があった。左端にシャウカステンと小さく書かれていた。

担当医が何枚かの大きなレントゲンフィルムの中から一枚を取り出し、観察器に取り付けた。後ろからの明るい光に写し出された写真について説明をし始めた。

「最初、救急で運ばれて来られた時は、肺炎を疑いましたので胸の写真を撮り、確かに肺炎の影を確認しました。それで、その治療に当たってきましたが、間もなく、下血が見られるようになりました。少し落ち着かれてから、腸の検査をしましたところ、大腸のS字結腸の部分、つまりこの写真のここですが、腫瘍があることが判明しました。組織検査をしましたら、悪性腫瘍でした。この年齢では手術は危険を伴いますし、また、他臓器に転移していることも考えられますので、体力を落とすようなことは極力避けるべきだと考えています。また、抗がん剤投与や放射線照射も難しいのではないかということなんです」

遼一は医者が何をいいたいのかと思った。こういう所見なので、こういう治療方法というのならともかく、手術や抗がん剤、放射線治療も難しいというのでは、どうしろというのか。何をきけばいいのか見当もつかないでいた時、清が医者に訊ねた。

「あの、主人は大腸の癌だということなんでしょうか」

「そういうことです」

という医者の言葉をきいて、遼一は、医者と向き合っていった。

「先生、父が大腸癌であることは、先生のご説明で分かりました」

遼一は医者に今後どのような治療が可能なのかということ、手術も抗癌剤投与、放射線照射も難しいということになると、あと、どのような治療が残されているのかということ、高齢だが、それでも何とか治療することができないものかききたいと食い下がった。

「現在の医療では、大変厳しい状況だということなんです。私共としましては、ご本人に苦痛がないような緩和ケアを提案させてもらいたいと思っています」

つまり、熱が出れば、解熱剤、痛みがあれば、鎮痛剤、息が苦しければ、酸素吸入、下血がひどければ、輸血をするということであった。そうしながら、死を待つしかないというのが医者の提案だった。

「長男の私と母だけでは、ご返事できませんので、家族で相談する時間を与えて下さい。その上で、もう一度、お話させて下さい」

病室に戻った、遼一と清はベッドのそばに置かれたソファーに座った。話す言葉が見つからないまま、遼一は大きな窓の外側の冬の晴れた空に浮かぶ雲を眺めていた。清は顔色が悪かった。ベッドの上には、慎治が姿勢を真っ直ぐにして横たわっていた。

遼一は父の慎治は長い人生をいつも、直立不動の姿勢で生きてきたのではないかと考えていた。こんなに深刻な治療方法も分からない病気で横たわっている時でさえ、その姿勢は真っ直ぐで直立不動に見えた。そんな生き方を窮屈だと思ったことはなかったのだろうか。

遼一は自分の身体の血流の中に、父の慎治の血が受け継がれている、確かさを感じていた。不器用で要領が悪く、その上頑固で納得できないことには、利害損得計算は度外視する性癖を、窮屈だと感じたこともあったが、だからといって、妥協することはできなかった。

私立の女子高校に就職してから、一年目に組合に入り、公然化した組合と経営者が激突し、三年目に解雇された。その後解雇撤回闘争をし、数年後、職場復帰をしたが、それからの職場での毎日は決して平坦なものではなかった。針の筵の上に座らせられているような日々の連続だった。しかし、譲れないものは譲れないという姿勢を貫いてきた。

遼一は、あの厳しい状況の中で組合に入るという選択をしたのは、彼の中に流れていた父親から引き継がれた血のようなものだったのかもしれないとベッドに直立不動で横たわっている、慎治を見ながら考えていた。

清がベッドの慎治に話しかけていた。

「お父さん、どこか痛くないですか。さすりましょうか。何とか答えて下さい。私にできることは何なのかいって下さいよ」

慎治は何の反応も示さなかった。清はそれ以上言葉を続けることができなかった。

「お母さん、今日はこれで、帰ろうよ。後は看護師さんに任せて」

清は頷いて、帰る支度をした。二人はバス停にはいかないで、病院の玄関前に停まっていたタクシーに乗って自宅に戻った。

すでに夕暮れの残照が辺りを覆っていた。

夏海はまだ、帰宅していなかった。清が台所に立った。

「お母さん、今日はご飯の支度はしなくていいよ。ぼくが何か簡単なものを作るから」

「夕飯の支度ぐらい、できるよ。何かしていた方が気持ちが紛れるんだよ。夏海さんだって、仕事で疲れて帰ってくるんだから、温かい鍋にでもするよ」

玄関のドアの開く音がして、夏海の早足で歩く音がしたかと思うと、リビングダイニングキッチンに入って来た。遼一に声を掛けた。

「お義父さんのこと、お医者さんは何といったの。今日、病院に行ったんでしょう」

と夏海は珍しく気忙しくきいた。

「お父さんの本当の病気は大腸癌だと医者がいったんだ。それも、治療は難しいそうだ」

遼一が夏海に説明した。

「だって、肺炎で入院して、それはずいぶんよくなっていたはずじゃなかったの。何だか狐につままれているような話じゃない」

夏海は憤慨していたが、清は黙っていた。遼一も何も反論しなかった。黙るしかないという雰囲気の意味を夏海は理解したようだった。遼一が姉や弟にも知らせなければならないことに、ようやく思い至った。

「お母さん、二人には、ぼくから電話した方がいいよね。食事が終わったら、連絡するよ。二人とも、夕食ぐらいはちゃんと食べた方がいいと思うから」

「遼一、頼むよ。私には辛すぎてとても冷静に話せないよ。こちらも食事にしようかね」

そういうと、清は鍋をテーブルの上に置いた。夏海は煮立った鍋の中に清の刻んだ鱈や豆腐、野菜類を入れた。その鍋をつつきながら、黙々と食事をした。

「内山のおばちゃんにも知らせなくっちゃならないね。おばちゃんとお父さんは同じ歳だから、こたえるだろうね」

清がぽつりといった。

「まだ、すぐにお父さんがどうにかなるという訳ではないから、もう少し後の方がいいかもしれないよ。お母さん」

清は答えなかった。遼一は清が久子に話すことで、少しでも気持ちを楽にしたいのだろうということは分かったが、あまり大騒ぎにはしたくなかった。清が家族同様と思っていても、家族ではない久子に、今の段階で話すのは避けた方がいいと思った。久子の家族にも余計な気遣いをさせる訳にはいかないと遼一は考えていた。

食事後、夏海が後片付けをしている間に、遼一は治と澄子に、ことの次第を要点を絞って、電話をした。遼一のそばで、清が座って電話する遼一の声をきいていた。

「二人とも驚いていたよ。近いうちにこちらへ来るということだったね。これからはできるだけ、病院へ手分けして出掛けるようにしよう。明子にも夏海から分かりやすく説明してもらえると有り難いんだが」

「ええ、そうするわ。明子が動揺しないように、考えて話すしかないわね」

遼一は清の健康を気遣っていた。これまで、病院へバスで通っていた清にタクシーを使うように提案した。特に行きについては、近くのタクシーの営業所に時間を決めて迎えに来てくれるように手配をすることにした。帰りは、夏海や治などがいる場合は問題はないし、病院の前に停まっているタクシーが使えるので心配はないと考えていた。

翌日から、朝九時過ぎにタクシーが家の前まで、清を迎えにくるようになった。後には、久子も同乗して病院に通うようになった。

慎治の病状は、日に日に悪化していった。清は久子を伴って病室で夕方まで過ごすようになっていた。清の作った昼食の弁当を二人で分け合って食べていた。慎治は流動食のような病院食もほとんど食べられなかった。ひと口でも食べると下血がひどくなるため、ほとんど食事はできなかった。点滴の管と導尿管に括りつけられていた。

遼一は翌々日、病状を説明してくれた担当医に改めて時間をつくってもらって会った。

「先生のおっしゃっていたことがよく理解できるようになりました。父の苦痛が少しでも和らぐようにしていただけるような手当てをお願いしたいというのが、家族の総意です」

「そうですか。できるだけのことはさせていただきます。ただ、下血がひどく、ご本人の体力が相当に落ちていますので、残念なことですが、後数日ではないかと考えています」

遼一はこんなに長く感じた一月はなかった。毎年、正月が明けると、慌ただしく新学期が始まり、気がつくと二月の節分になっていた。

一月の最後の日曜日の明け方、五時ころ、二階のデンワが鳴った。清の声がしたが、何をいっているのかわからなかった。遼一と夏海が、パジャマのまま、階段を駆け下りてリビングダイニングキッチンに入ると、電話機の前で清がへたり込んでいた。

「お母さん、どうしたんだ。何かあったの」

「今、病院から電話があったんだよ。お父さんが危篤だって。その後、私は腰が立たなくなってしまったんだよ」

「お母さん、大丈夫よ。このジュースをゆっくり飲んでくれる」

夏海が冷蔵庫にあったジュースをコップに入れて、清の背中をさすりながらいった。清は夏海にいわれるままに、ジュースを一口、二口と飲んだ。清は我に返ったようだった。

「立てるよ。お父さんのところに行かなくっちゃね」

遼一が落ち着いた口調でいった。

「まず着替えよう。それから家中の電気を点けて明るくしよう。ぼくはお姉ちゃんと治に電話するから、夏海は車を出しておいてくれるかな」

夏海は清の着替えを手伝ってから、手早く身支度をし、玄関の前の道路に車を出し、エンジンをかけ、暖房をつけた。

外は暗かったが、門柱の外灯が道路を照らしていた。三人は車で病院に向かった。病院の救急外来の入り口にいた警備員に事情を話し、内科病棟へのエレベーターを三階で降りた。その前の広い廊下を右に真っ直ぐ歩き、突き当たりの左に三一〇号室とあり、その下に〈溝口慎治〉と記名された病室の戸を静かに開けた。中は煌々と明るかった。二人の看護師が慌ただしく動く中で、川井医師がいった。

「間に合われてよかった。声を掛けてあげて下さい。血圧が急速に下がっています」

慎治はその朝、一月二十九日五時四十分、八十三歳で息を引き取った。医者は看護師にその後の処置を指示し、挨拶をして部屋を出て行った。しばらくして、看護師が遺体搬送車の手配をしてくれ、慎治の亡骸は自宅の自分のベッドに戻った。つい、二週間ほど前に、元号が平成になり、そのテレビ報道を家族と共にみていたことが嘘のようだと、遼一は思った。清もまだ事態が受け止められないようで、部屋の中をうろうろしながらつぶやいた。

「どうしたらいいのかね」

「お母さん、座ってお茶を飲もう。慌てることないよ。そのうち、お姉ちゃんや治もくるだろう。それからしなければならない手配をすればいいよ」

そういって、遼一は珍しく台所でやかんに湯を沸かした。それから、急須に入れた茶葉に湯を注ぎ、三人分の湯のみに茶をいれた。夏海は遼一のすることを見ていた。

「夏海、これからぼくたちがしなければならないことを、整理するから、いってくれるかな。

こういう経験は初めてなので、君にききたいんだ」

夏海は二年前に両親を相次いで亡くしていた。その葬儀の全てを、田舎の妹と二人で行っていた。

「私の実家は仏教の浄土宗でキリスト教ではなかったから、あまり役には立たないかもしれないけど、まずは、葬儀屋の手配が必要だと思うわ。お義父さんの場合は教会に連絡すれば、教会関係の葬儀屋が駆けつけてくれるはずだと思うわ。後はそちらに任せれば、大体のことは手配してくれるんじゃないかしら。ねえ、お義母さん、牧師さんには、お義母さんから連絡したらいいと思うんだけど」

「そうだね。あまり早い時間だと悪いから、それに今日は日曜日だから、礼拝の始まる前に連絡してみるよ」

遼一は二階の自分の部屋から持ってきたノートに何か書き連ねていた。

その時、電話が鳴った。病院に着いた治からだった。姉の澄子も病院に来ると思うから、一緒に車でそちらに向かうことにするということだった。

夏海はこれから来る人たちのための湯のみ茶碗の準備や別なポットに湯を沸かしていれた。また、入り口の和室の八畳間の整頓をし始めた。玄関のたたきも見苦しくないように片付けた。それから、三人のための朝食のパンとミルクティーを準備した。遼一と清がいつも座る椅子の前のテーブルに置いた。三人は黙ってそれを食べた。

一月にしては、日差しが暖かく、晴れた日になった。縁側には、主を喪った籐椅子だけが、明るい日差しを受けていた。

「天国も今日は暖かいんだろうね」

清は長年連れ添った、夫の慎治の天国での居心地を心配しているようだった。

治と澄子が着いてから、三十分程して、教会指定の葬儀屋の営業担当者がやってきた。

遼一と清が立ち会い、今後の段取りについて打ち合わせを行った。手続きの代行や大体の手順がマニュアル化されていて、特に問題になるようなことはなかった。牧師の日程に合わせて、通夜や送葬式の日取りが決められた。

清から連絡を受けた内山久子が葬儀屋が帰った後、黒い羽織を羽織ってやってきた。ベッドに横たえられている慎治の亡骸のそばの椅子に座り、しばらく動かなかった。清が茶をすすめると、ようやく、隣室の八畳間のソファに座った。そして、頭を下げていった。

「この度は皆様、ご愁傷さまでございます」

その表情は気落ちして、寂しそうだった。それから、夕方までずっといた。遼一や治は親戚のあちこちに電話で連絡を入れていた。夕方、治や澄子は翌日の通夜に備えて、自宅に戻った。その後、明子が喪服をもってやって来た。

「おじいちゃんとちゃんと別れたいから。今日はここに泊まることにする。おばあちゃんと下の部屋で一緒に寝ることにするわ」

といって、清のそばにずっと付き添っていた。

翌日、午前中に亡骸は納棺され、教会に運ばれた。そして、夕方、教会堂で前夜式が行われた。親類、子どもたちの友人に職場の同僚、教会員などが、大勢参列した。

パイプオルガンに合わせた讃美歌が会堂に響いた。讃美歌の《道けわしく　ゆくてとおしこころざすかたに　いつか着くらん》という歌詞を歌いながら、遼一は、自分の人生を重ねていた。

遼一の遺族代表挨拶の言葉で式は終了し、場所を移して故人を偲ぶ会食の席にも、参列者のほとんどが参加した。

その翌日、同じ教会堂で告別式が行われた後、慎治の亡骸は火葬場で荼毘にふされ、骨壺に入って、清に抱かれて自宅にもどった。

遼一は、人の一生のはかなさを初めて、実感した。いつかは自分も、父の慎治と同じ姿になることは明らかなことだった。そして、多分その前に、母の清も父を見送ったように、送らなければならない日が来るだろうと思った。夏海は自分より五歳も年下だから、自分を見送るのは、夏海になるだろうとも思った。

遼一は高校生に古典を教えながら、平家物語や方丈記など中世の古典文学の中に流れている無常ということを、自分がそれほど深く理解していなかったのではないかと思うのであった。

明子は清と並んで車に乗り、これからの自分がどういうところに就職して、どのように生きていけばよいのかということを、清に真剣に相談しているようだった。

これから、まさに人生を生きていこうとする若い明子が、八十余年の人生を終えて葬送された慎治を悼み、清に寄り添っていた。

火葬式も無事に終わり、参列者たちが帰った後、遼一と清と夏海、それに明子の四人だけが、夕方、家に戻った。

慎治が奥のベッドに寝ているような錯覚を感じながら、その夜は何事もなかったように更けていった。遼一は明日からまた、厳しい職場での闘いだなと思っていた。

次の日曜日の午後、遼一と清は教会に出掛けた。牧師への挨拶と御礼、それに教会献金をするためであった。

すでに二月になって、寒い日が続いていた。清は慎治の入院から始まって葬儀等まで、相当に疲れているようだったが、気丈に振る舞っていた。内山久子が毎日、訪れていた。それが、清の気持ちの支えになっているように見えた。二人は夏海や遼一が二階にいる時は小声でひそひそと話すようになっていた。父がいたころは慎治が耳が遠かったせいもあって、大きな声で話していた。きかれても差し支えない他愛ない話題が多かったせいもあった。

また、家政婦会から掃除のために中山という女性も、週二回、一階の掃除にやってきていた。二階は遼一も夏海も忙しくて、掃除どころではなく、散らかりっぱなしだったが、一階はこざっぱりと片付いていた。

清は、英語の塾の生徒も増やしていた。週に四回は夕方から八時すぎまで教えるようになっていた。そのため、食事の買い物にもあまり出掛けなくなり、ましてや、遼一や夏海のための惣菜作りはできなくなっていた。夏海が買って置いたものを自分流に一人分だけ調理するようになっていた。遼一は組合の会議等で夜遅く帰宅することが多くなっていた。夏海も外食するようになっていた。休日も三食、清は自分だけで食べるようになっていた。一階の台所に下りていくと、さっと自分の部屋に引き揚げてしまい、あまり話をすることもなくなっていた。

遼一はそういう清の変化を感じていたが、夏海には何もいわなかった。清と話し合うにしても、どういう切り口で話し出せばよいか分からなかった。職場での身を切られるような辛い日々、せめて家での家族間のトラブルは避けたかった。

夏海も担任の生徒たちの進級に絡むいろいろな問題を抱えていた。家庭訪問や心療内科医を訪れて、生徒の相談をするという事態も起こっていた。だから、清の態度に冷ややかなものを感じていたが、あえて気付かないふりをして振る舞っていた。

今さらながら、この家における慎治の存在の大きさを、遼一は感じていた。めったに言葉を自ら発することはなく、物静かに縁側の籐椅子に座って存在しているだけで、家族の間の空気を穏やかなものにしていた。

遼一は中国の思想家の〈無用の用〉という言葉はもしかしたら、こういう内容を含んでいたのかもしれないと思った。

慎治が亡くなって、ちょうど、一カ月経った二月の曇った日曜日の昼すぎに、澄子と治が申し合わせたように、やってきた。

「お母さんのことが心配なので来たの。ちょうど、治さんも同じことを考えていたというので、今日一緒に来たの」

と清にいった。遼一は二階にいたが、夏海は階下で、昼食の後片付けをしていた。

「お姉さん、治さん、ちゃんとしたご挨拶もしないままになってしまっていて、葬儀の折はすみませんでした」

遼一が二階から下りてきた。

「話し声がしたから、誰か近所の人でも来たかと思って。二人そろって来たのかな。まあ、寂しくなったよ。ほとんど話をしない人だったけど、いなくなられてみると、ぽっかり穴があいたような感じでね」

清は黙っていた。

「お父さんが亡くなって、いろいろ話しあわなければならないことがあるんじゃないかと思っているのよ。治さんも同じ気持ちだというの。一昨日、お母さんから電話でそんな風なこといってきたし」

澄子が一人で話した。遼一は清がそんなことを、澄子に電話で話しているとは想像もしていなかった。遼一は、とても厭な雰囲気を感じていた。父の慎治が亡くなって、まだ一カ月しか経っていないのに、一体、なんだというんだと内心、穏やかな気持ちではなかった。

「何がいいたいのか、よく分からないんだけど、お母さんはお姉ちゃんにどんなことを電話でいったのかな」

「私はただ、不安だといっただけだよ」

という清の言葉を受けて、遼一がいった。

「お父さんが亡くなったことが不安ということじゃないよね。あれから一カ月、何か特別なことがあった訳でもないと思うんだよ」

「そんな風にいうと、お母さんは何もいえなくなるんじゃないの。遼一さんのそういうところが、まず、不安なんじゃないのかしら」

澄子がいったが、治は何もいわなかった。

「お母さん、ぼくに分かるようにはっきりいってよ。そうしないと何も答えられないよ」

夏海が茶を出し始めた。澄子、治、清、遼一の前に茶碗を置いた。

「夏海さん、これは私たち家族の問題なので、悪いけど、席を外してくださらないかしら」

澄子がいった。それをきいた遼一は憤りをあらわにして、大きな声で澄子にいった。

「ここは、ぼくたちの家なんだよ。そこへやって来て、ぼくの妻の夏海に席を外せとはどういうことなんだ」

激昂した遼一に治がいった。

「澄子姉さんのいい方はないとぼくも思うよ。ここは冷静になって、話さないとまずいよ。兄貴はお母さんの不安だという気持ちについては、想像できないということだよね」

「平たく説明するとだね。お父さんが亡くなって、この家の建っている土地が兄貴のものになると、お母さんはここにいられなくなるんじゃないかと不安がっているということなんだ」

治の言葉をきいた遼一が答えた。

「そのことなら、この家を建てるとき、お父さんと話が済んでいるんだ。もしもの時は遼一の名義にするようにということだったんだよ。それはお母さんも承知しているはずなんだよ」

「そんなことはきいたことがないよ。この家の土地はお父さんと私が苦労して手に入れたものなんだよ。遼一はまだ、大学生で働いてもいなかったばかりか、その後、結核になって療養し、それから、就職したかと思うと家を出ていってしまって、どうして、そんなことがいえるのか理解できないよ」

「お母さん、どうかしたの。この家で住むようになってから、お母さんにぼくたちが何か悪いことでもしたというの」

遼一はようやく、どうしてこういう事態になっているのか分かってきた。土地バブルの時期だった。こんな不便な地域の土地でも、一坪、百万円といわれていた。でも、家を建てて住んでいる身には、関係のない話だった。固定資産税が高いという不利益さえあった。六十坪なら、単純計算でいくと六千万円という値段になるということだった。

澄子と治がこういう形で乗り込んできたのはそういうことだったと遼一は理解したのである。

「お父さんが遼一に、いったという証拠は何もないんだよ。遼一の思い違いだと思っているよ。私は」

清の言葉をきいて、遼一は背筋が寒くなる思いがした。慎治が清と夏海の前で、遼一にはっきりと、確かにいったのをよく覚えていた。遼一が夏海にこの家で、ずっと清も含めて住もうといっていたのを思い出していた。慎治だって、「この家は遼一の家だ」と夏海や清の前ではっきりいっていたのは、それほど前のことではなかったはずなのに。

「今日一日で結論が出せる話ではないから、ゆっくり考えておいてもらいたいということなの。ただ、お母さんが不安がるようなことは困るということだけはいっておきたいの」

遼一はこの降ってわいたようなできごとをどうすればよいか、見当もつかなかった。

「お昼ご飯、食べていないんだろう。二人とも。何か蕎麦屋にでも注文しようかね」

清がいうと、澄子が応じた。

「そうね。確かに、お昼、食べる暇がなかったから、そうしてもらえるとありがたいわ。治さんもそうでしょう。一人分では頼めないでしょうから、そうしてもらいましょうよ」

「夏海さん、例の蕎麦屋へ二人分、注文してくれるかね。それで、何にするんだい」

まだ、慎治の納骨式も終わっていなかった。キリスト教では、五十日祭といい、それが納骨の目安になっていた。仏教の四十九日に相当するものである。納骨後、親族が故人の遺したものをどうするかと話し合うのが、一般的であった。

遼一は納骨式の後、そういう類のことについて、清と話し合ったことを、澄子や治に報告し、了解を得るつもりでいた。それが、天から足が出たように持ち出されて、面食らっていた。

清の態度が何となくおかしく感じられていたことの理由も、初めて分かった。昼間、遼一も夏海もいない長い時間、清は久子や姉の澄子といろいろ話していたのだろうと思った。そして、その内容を弟の治に伝え、だんだんと話の内容が肥大化していき、今回の澄子たちの訪問になったのだろうと想像できた。

清はこういう話が出て、自分が一人で取り残されることに不安を感じているようだった。

「ねえ、澄子、今日はここに泊まれないのかね。治は明日、仕事があるから難しいかもしれないと思うが、あんたは勤めている訳でもないのだから、泊まっておくれよ」

遼一はそばに自分がいるのに、一言の断りもなく、そういう風に澄子にいう清に怒りを感じながらも黙っていた。夏海の気持ちを思うとなおさら辛かった。

「そうね、後で電話してみるわ。多分大丈夫だと思うわよ。小さな子どもがいる訳でもないから」

遼一は夏海を促して、二階に引き揚げた。二階の和室で、遼一は夏海にいった。

「こんなことになるとは夢にも思わなかったよ。結局のところ、お袋が焚きつけているんだね。焚きつけられた方もお金絡みで、少しでも自分たちの方が得になるのならということで一生懸命なんだろうね」

「損得のことなんか考えなかったのが間違いだったのかもしれないわね。あのマンションに住んでいたら、こんなことにならなかったのに、本当に馬鹿だったと思うわ」

夏海のいう通りだと、遼一は思った。

「ぼくたちは何もやましいことはないんだから、正々堂々と正面突破でやるつもりでいるが、それでいいよね」

「組合の権利の問題のようなことならそれでいいと思うけど、家庭の家族間の問題の場合はそういうやり方では、拗れるだけのような気がするのよ」

二月の日は短く、その日が曇り空であったせいで外は薄暗くなっていた。時計を見ると四時すぎであった。

「今日は二人で、久しぶりに寿司でも食べにいこうか。下は下で勝手に、何か作って食べるだろうから」

「そうね。とびっきり上等なお寿司を食べたい気分だわね」

三月の春分の日に納骨式が行われた。家族である子どもたちと孫たちで讃美歌が歌われた後、牧師の祈りの言葉が続いた。

慎治の納骨された墓の唐櫃には、二歳数カ月で夭逝した、遼一の弟の周二が納骨されていた。この地に墓を造るまで、亡くなった周二の骨壺は、家族と共に幾度も引っ越したのである。そして、その墓の下に父親の慎治の骨壺が幼いまま逝ってしまった息子のものと並べて置かれた。

その後、予約しておいた料理屋の一室で、牧師を招いて、家族全員で故人を偲んで会食をした。夕方には散会になった。

「お母さん、私と治さんは話があるので、家に行くことにするけど、いいでしょう」

澄子が清にいった。

「ああ、いいとも、あんたたちの実家にくるのに、誰に遠慮がいるものですか」

その会話は聞こえよがしになされていたので、遼一にも夏海にもきこえた。明子は明日、朝早く用事があるので、帰るからといって駅の方に向かって歩いていった。

家に着いた時には、夕焼けで西の空が茜色に染まっていた。夏海が人数分の茶碗に茶を淹れて、それぞれに配った。リビングダイニングキッチンに続く、八畳の居間に置かれた向き合ったソファーに、清、澄子、治、それに遼一が座った。夏海は黙って二階に引きあげた。

「この間、二月に来た時に話したことをきちんとしなければならないということなのよ。その話で今日、こちらに来たことはわかっていると思うんだけど」

澄子が切り出した。

「お母さんはどう考えているのかな。きくまでもないのかもしれないけど、一応いってみてよ」

遼一の言葉に棘があったことは、皆よく分かった。

「この家は遼一のものだということは、間違いないと思うよ。だけどね、この土地はお父さんのものだったということなんだよ。お父さんのものを私が引き継ぐのは当たり前じゃないのかね」

遼一はこの家が建てられた経緯について、分かりやすく話した。自分たちが好んでここに家を建てたのではないということを話した。家を建てる時にお父さんが、何かあった時には土地の名義は遼一のものにするといったということを説明した。その席には母の清もいて、了解したはずで、何の反対もしなかったので、家を建てる決意をしたと続けた。

白けた空気が流れていた。

「でも、お母さんはそんな話をきいたことないといっているのよ。私だって、治さんだって何にもきいたことないのよ。だから、遼一さんから、そんなことを説明されても、信じられないのよ。お父さんはもういないし」

「で、お母さんはこの土地の名義を自分のものにしたいということなんだね。二月にそんな風な話があってから、ぼくも考えたよ。結論をいわせてもらうよ。そうしたらいいよ。それで、お母さんの気持ちが収まるならば。事務的な手続きはそちらに任せるよ」

澄子の夫は税理の仕事をしていた。

遼一があまりにもあっさりと、清のいうことを受け入れたので、拍子抜けしたような表情で、三人は黙った。それだけいうと、遼一は、明日の仕事の準備があるので、これで失礼するといって二階に引きあげた。

「もう、いいよね。こんなことで、先の人生をごたごたさせられるのは、たまらないよ」

遼一の言葉に夏海が応えた。

「そうよ。もう、いいわよ。お義母さんは自分の納得するようにやっていけばいいのよ。あのしっかり者のお義姉さんと相談しながら、やっていくしかないということだわ。私たちは、お義父さんのためには、いいことをしたと思えるもの。ちょっと横道にそれて無駄なことをしたという気がしないでもないけど」

遼一は夏海の歯切れの良さに、内心驚いていた。さまざまな困難に直面しても、何とかなると考えられる楽天性をもっていた。遼一が解雇されているのを承知のうえで、結婚した時も、彼女はそのことを大したことではないと考えていたようだった。人の価値について、決して、社会的地位や収入で考えていないのが、遼一にはよく分かっていた。そういう夏海のような女性と出会えたのも、解雇されていたからこそと思うと、自分の人生もまんざらでもないかもしれないと考えることができるような気がした。

二階のデンワが鳴った。

「澄子と治が遼一に挨拶して帰りたいといっているんだけど、降りてきてくれるかね」

遼一は階段を下りていった。

夏海は二階に残った。

しばらくして、遼一が二階に戻ってきた。

「いい気なもんだ。これで、ぼくたちが、お袋の面倒をみなくなったら、自分たちが困るから、形式的な挨拶をしていったよ。心の中が丸見えだということが分からないのかね」

「いろんな人がいるということよね」

遼一はこれで一件落着とはとても思えなかった。夏海がこんな理不尽な経過に納得しているはずがないと思った。清は自分の思いが通って、単純に満足しているかもしれないが、これから、もう一波乱あることはさけられないだろうと考えていた。

「ねえ、二階に台所を作りたいと思っているんだけど、どうかしら。ちょっとしたことでも、下の台所に下りて行かなければならないのが、このごろ、とても不便に思えるのよ」

「そうだな。このごろは食事もお袋とは別々だし、夕方は塾の生徒たちが下の居間に来ていて、落ち着かないし、いいかもしれないな」

まもなく、二階の二畳程のクローゼットを台所に作り変えた。その狭い台所に小型の冷蔵庫を置き、湯沸かし器もつけた。朝夕の食事の支度はそこでできるようになった。

清は下の大きな台所を一人で使うようになっていた。一階のすべての空間が清一人のものになってしまった。風呂だけは、遼一がたまに利用していたが、夏海は二階のシャワールームで済ませていた。

大きな家は中途半端な変形二世帯住宅になってしまっていた。

夏休みになると、治の二人の子どもたちが清に英語を教えてもらうためにという口実で一週間、二週間と泊まっていた。遼一や夏海に一言の断りもなかった。遠方からの親類の者たちも、勝手に来て泊まり、勝手に帰っていった。食費や光熱費やその他の雑費もすべて、遼一たちの負担になっていた。そんな理不尽なことが長続きするはずがなかった。

「お父さんの一周忌、キリスト教では何というのか知らないけど、終わったら、私はこの家を出ることにしたいと思っているの」

と夏海が遼一に話したのは、暮れも押し迫ったころだった。

「どこに出るというんだ。この家しかないじゃないか」

「どこに出るとか、まだそんなに具体的に考えている訳ではないけど、このままだと、気がおかしくなってしまうように思うのよ。あなたは、自分の母親だから、私の感じていることは理解できないかもしれないわね」

夏海の気持ちが分からない訳ではなかったが、七十代半ばを過ぎた母親を一人にして、出ていくことは、これまで考えたことがなかった。住宅ローンの支払いだって、家を出れば払わなくて済むということにはならないのも、明らかなことだった。夏海が家を出るために何かの手立てをしている様子は全くなかった。遼一は、心の底でそんなことはしないだろうと高をくくっていた。

翌年の一月の半ばになり、慎治の一周忌が清と三人のきょうだいの連れ合い六人とで、自宅でささやかに行われた。

「明日午後一時に、引っ越し屋が来るの。ベッドに本箱一本と、身の回りのものだけだから、大したことはないと思うわ」

その前日に夏海が遼一にいった。そして、住所と電話番号を書いた紙片を差し出した。

翌日の平日の朝、夏海は休暇をとり、近くに住む自分の友人を呼んで、手伝ってもらって引越しの準備を始めた。

清が目を丸くして夏海の荷物が運び出されるのを眺めていた。

「お義母さん、私の住所などは、遼一さんに知らせてありますから、何かありましたら、遼一さんにいって下さい。ちゃんと御挨拶もしないで、こういうことをするのは申し訳ないとは思っていますが、仕方がないんです」

夏海は借りている車の駐車場のすぐ近くの賃貸マンションを借りた。二DKで家賃が八万円だった。友人が保証人になってくれた。

ベッドと本箱以外は家具らしいものはなかったので、ガランとしていた。駅前なので、通勤には便利だったし、マンションに隣接して、スーパーがあったので、生活するには快適だった。引っ越しした翌日の夕方、遼一から電話があった。

「これから、そちらへ行ってもいいかな」

九階建ての七階だったので見晴らしがよかった。間もなく遼一がやってきた。すぐ近くから電話をしたということだった。

「新しいじゃないか。いい場所にあるね」

「そう、どこでもよかったの。偶然、ここならすぐ入れるというし、駅前で便利だから、あまり余計なことを考えないで契約したということなのよ」

「お袋、少しはこたえたみたいだよ」

「そう、もうそんなこと、どうでもいいと思っているの。お義母さんが反省しようがしまいが、私には関係ないの。また、あの家に戻ることはないということだけは、分かっていてね」

遼一は夏海がどれほど我慢をしていたのか、自分が本当のところを理解できていなかったことに初めて気付かされた。清は血の繋がった母親だったから、かなり勝手なことをされても、心のどこかで許していたのかもしれなかった。遼一の方も息子であるということで、同じような甘えがあったのかもしれないということが今は分かる気がした。夏海は清にとっては、他人であり、それも嫁であったから、相当なことを我慢して当然と清は考えていたのかもしれないと思った。

遼一は夏海に去られてみて初めて、それが自分の生活をどれ程空虚にするかということを、たった一日で思い知らされたのである。

「ぼくも、ここへ引っ越してきたらまずいかな。夫婦が別々に生活するのは、よくないということがよく分かったんだよ」

「私一人で住むという契約だから、難しいと思うわ。そんなことといったって、お義母さんが絶対に認めないいんじゃないのかしら」

「お袋が何といおうと、これはぼくたち夫婦の問題だからね。このままだとぼくは一生後悔することになると思うんだよ」

遼一は、今、そういう選択をしないと夏海は確実に自分から離れていってしまうと思った。しかし、いますぐに年老いた清にそういうことはできないと、一方では思っていた。もうしばらく様子を見てからでも遅くはないように考えた。もしかしたら、夏海がもう一度、あの家に戻ることが絶対にないとはいえないとも思った。

「今日のところは、帰ることにするが、君にもよく考えておいて欲しいんだ」

遼一はあいまいな言葉を残して帰った。

第七章　別れない

夏海が、明日の午後引っ越すといった翌日の夕方、遼一は職場から急いで帰った。玄関のドアを開けると、清が待っていたように出てきた。

「遼一、今日の昼前に夏海さんのお友達の、三田さんとかいう人がやってきて、夏海さんの引っ越しを手伝っていったんだよ。それから、午後一時ころ、運送の小型のトラックが来たんだよ。荷物を積んで行っちゃったよ」

遼一は黙って二階に上がって、夏海の部屋の開いていたドアの中を見た。本棚が一本と箪笥が置いてあったが、他のものはすっかりなくなっていた。遼一の後ろから清が部屋の中をのぞいていた。

「あんたには住所などは知らせてあるからということだったがね」

「ああ、昨日の夜、住所を書いた紙をくれたよ。ところで友達の名前はなんだって」

「三田さんという人だったよ。夏海さんが前に勤めていた学校の先生をしていたとその人がいっていたよ。礼儀正しい人でね。私にもきちんと挨拶をして、夏海さんと一緒に出て行ったんだよ。下に夕食を準備してあるよ」

一階で清と食事をしながら遼一はいった。

「あの三田さんという人のこと、お母さんは知らないと思うが、大変な苦労人なんだよ」

遼一は清にそういってから、夏海が以前、話してくれた三田敦子のことを思い出していた。

敦子は夏海の家から三十分程離れた一戸建ての大きな家に、二人の大学生の娘と三人で住んでいた。夏海が私立高校に勤めていた時の同僚で、一歳年上の英語の教師だった。鹿児島県出身で、上京してから学生時代に知り合った夫が、東京の大手建設会社に就職したのを機に、敦子は教師として勤め始めたということであった。

そのころ、敦子は職場の近くのアパートに住んでいた。夏海が出産した時には敦子はすでに、一歳の子どもがいたという。当時、その職場では、出産後は退職するというのが一般的だった。まだ、女性が子どもを育てながらフルタイムで働くという社会環境が整っていなかった時代でもあった。そういう職場で働く中で、夏海と敦子は急速に親しくなっていった。

敦子の夫は海外出張が多く、半年、一年と単身赴任をしていたという話もしていた。その間、敦子は一人で子育てと仕事を苦労しながらこなしていた。そのうち、お互いの子どもが同じ保育園に通うようになり、一緒に迎えにいくことが珍しくなくなった。朝、保育園に送っていった後、共に出勤することもあった。

その時、清が突然、遼一にいった。

「どこかで会ったことがある人だと思っていたが、お父さんが亡くなった後、白いバラの花を五十本も届けて下さった人だったよ」

遼一は敦子についての夏海の話で、忘れられない鮮烈な印象を受けたことを思い出していた。

ある朝、狭い舗道の十メートル程先を、敦子が背の高い男性と並んで楽しそうに話しながら歩いていた。夏海は追いかけて話しかけようとしたが、割り込んでは悪いような雰囲気を感じて、歩をゆるめて距離をとって歩いたという。

「今朝、並んで歩いていた人が彼なの」

昼休みに夏海が敦子にきいた。

「そうなのよ。久しぶりに帰ってきたのよ。二人で並んで出勤するなんて、初めてかな」

と敦子が答えた時、

「とても楽しそうに話しているように見えて、ちょっと羨ましかったんだけど、何を話していたの」

夏海がきいた。

「それがね。どちらかが先に死んだら、絶対に再婚しようね。子どもには父親と母親が必要だから。そういうことを話していたの」

と敦子はいった。

その後、二人目の子どもを出産し、体調を崩した敦子は、春休み中に夫が彼女の荷物をまとめ、退職届を勤務先に提出して辞めたというのであった。しばらくしてアパートを引き払い、現在住んでいる住宅を購入し転居した後、夫と共に海外赴任についていくことになったということだった。

それから、三年近くの間音信はなかったが、夏休みの直前に敦子から長い手紙が職場に届いた。多分住所も変わっていると思ったので、という書き出しの手紙には、海外赴任中に夫が交通事故で亡くなり、こちらに戻っているという内容が書かれていた。そのころ敦子はまだ二十代後半であった。

敦子との付き合いが再開してから、十数年経っていた。彼女は再婚もしないまま英語の塾をしながら、二人の子どもを育てていたのだった。

以前提出された夏海の離婚届の保証人欄には敦子の名前が記されていたという。

遼一が夏海と出会った時、夏海は離婚しており、幼い明子と二人で六畳一間のアパートに暮らしていた。

遼一に説明した夏海の離婚理由はそのころよくいわれていた〈性格の不一致〉というものであった。

学生時代から付き合っていたという前夫は、九州の佐賀県出身で、実家は農家をしていた。次男で、高校を卒業後、上京して学生生活をしていた。彼は夏海より二歳年上で、夏海が大学に入学した時は、三年生であった。経済を専攻していて、よく勉強していて、社会科学的な知識が豊富で、進歩的な考え方の持ち主であった。新入生の夏海は、彼のそういうところにだんだんと惹かれたということであった。

すでに商社に勤めていた彼と、卒業して私学の教師になった後、結婚した。ところが実際に結婚生活が始まってみると、彼は進歩的でないばかりか、大変保守的で、夏海が明子を出産したころには、家庭の主婦としての役割に専念してほしいと説得し始めた。子育てと仕事は両立できるはずだという夏海の主張がもとで、夫婦喧嘩が繰り返されるようになっていった。〈ポストの数ほど保育所を〉というスローガンが掲げられ、女性の社会進出が盛り上がっていた時代背景の下、二人の関係はますます修復できない方向へと進んでいった。

結局、三年余で離婚することになり、娘の明子は母親の夏海が引き取ることで話し合いがついた。養育費については、夏海の方で断ったということであった。

そのことを大学時代の恩師宅を訪ねて話した時、その恩師がいった。

「この大学の卒業生には、そういう一見進歩的に見える行動をする女子学生が多いんだな。養育費ぐらい、相手に支払わせるのは当たり前なことだよ。子どもを育てるためには大変な気苦労とお金がかかるんだ。それをいらないと主張するような女性に教育したとすれば、われわれ教育者側の責任だな」

夏海は観念的ではあったが、企業には組合があるべきだと考えていた。離婚して間もなく、一人でも入れる個人加盟の組合があることを知人からきかされた。若くて行動力のあった夏海は組合に加入したのである。

その後、組合の仲間に声を掛けられ、当時、私立学校で不当解雇され、解雇撤回闘争をしている組合員たちの裁判の傍聴に誘われた。

その被解雇者の中に、遼一がいたのである。

組合について、具体的な知識がなかった夏海は、この闘いの裁判を傍聴し、解雇されている人たちの前途が大変困難なものになるだろうと感じたと後に遼一にもらした。

夏海はそういう困難な闘いを強いられている人たちを支援する気持ちになっていった。特に信念をもって闘っているようにみえた遼一に対して敬意を感じていた。

その後これまでの経緯を夏海に丁寧に説明してくれた遼一に好意を感じるようになっていたが、遼一から結婚話が出た時は、応じる考えはなかったという。

夏海は自分の勤めていた私立学校では、子育てのための、同僚たちの理解を得ることが大変難しいと考えさせられるさまざまな事態に直面していた。安心して子どもを養育しながら勤めることができる職場環境をと考えて、翌年度、公立高校に転勤した。

その一年後に夏海は遼一と結婚した。

「この子を自分の子として決意して育てる」

といった遼一の言葉が最終的な決断をさせるものになったと夏海が後に遼一に告げたのである。

夏海は再婚について、付き合いが復活していた三田敦子にいろいろと相談にのってもらっていた。

「そういう人がいたら、私なら再婚するわ。私の場合は子どもが二人もいて、亡くなった彼の遺族年金と塾の収入とを併せて何とか生計を立てていたけど、再婚すると遺族年金はもらえなくなってしまうというの。もし、その後結婚を解消して、別れるということになると、大変なことになると思ったの」

夏海の場合は仕事を続ければ、万が一、いろいろあっても、経済的にはやっていけるし、当たって砕ける精神でやってみたらといった。敦子自身は、再婚してもいいと思える相手に出会わなかったから、ずっと一人で子どもたちを育ててきたということだった。

敦子は夏海の背中を押してくれた。皮肉にもその敦子に引っ越しを手伝ってもらって家を出たのである。

「ねえ、でも離婚はよくよく考えてね。私は外からは、元気溌剌と見えるようだけど、一人で子育てしていくのは難しいなと時々落ち込むことがあるのよ」

と敦子はいってから、話を続けた。

「亡くなった彼とどちらかが一人になったら、絶対に再婚しようねと話したことがあったのに、私は一人っきりで来てしまったの。今が二十代なら、再婚相手探しちゃうんだけどな。これから子どもたちが独立して、自分が歳をとって一人でやっていくことを考えると、とても寂しいと思うのよ」

敦子の話には説得力があった。

夏海が再婚したのは、敦子の話をきいてから数カ月後だった。

それから長い歳月が流れて、遼一に明子を加えた三人は家族として、普通の共働きの家庭生活をするようになっていた。

遼一の母の清は、夏海の娘の明子をとてもかわいがり、大事にしてくれた。

夏海が宿泊を伴うような仕事の場合、また、明子が病気などの場合は預かってくれ、献身的に看護してくれた。

そういうことが、遼一は自分の両親と同居する話がでた時、夏海の決心に繋がったのではないかと思っていた。

「非常に合理的で革新的な考え方をするかと、思っていたが、時として、保守的で情的な発想をするのでびっくりすることがあるよ」

と遼一が夏海を評した時、夏海がいった。

「誰でも、程度の差はあるけど、そういう二面性をもっていると考える方が妥当なんじゃないかしら。あなただって、とても革新的なことをやってきたなと思っていたけど、男女は平等であるべきだと考えている私にいわせればかなり保守的で、時々、驚くもの」

遼一は、日常生活において、夏海が最初期待していた程の進歩的な考え方や行動がなかなかできなかった。

「いまさらどうしようもないんだよ」

と遼一はいうのであった。

「どうして、同じような仕事をしているのに家事やその他もろもろの雑事を私だけに押し付けて、平気でいられるのか分からない」

と繰り返す夏海に、遼一はいった。

「出来ないんだから、仕方がないよ。もう、面倒なことはいわないでくれよ」

そういう遼一の言葉をきくたびに、夏海は悔しさで、怒りが込み上げてくるのだった。

「できないんなら、できるようになる努力をしてもいいんじゃないの。そうすればそのうちにできるようになるものなのよ。放っておけば、きっとそのうちに私がすべてやってくれると思っているんでしょう」

遼一と夏海のその類のいい争いは始まると、何時間にも及んだのである。そしてそういうことが、間歇的に繰り返されたのである。

夏海はすでに一度離婚を経験していて、離婚することは、結婚する場合の何倍もの困難を伴うということを知っていた。

その夏海の脳裏を《離婚》という言葉が時々、走ったことに遼一は気付いていなかった。

夏海の若い時の離婚から、十数年の歳月が経過していた。そして、再び《離婚》という言葉が脳裏をよぎっているということを、遼一に思い切ってぶっつけてみることにした。

遼一は夏海のいうことをきいて、驚いたように口をぽかんと開けて、しばらく話せなかった。が、丁寧にいった。

「ぼくがそこまで君を追い込んでいるとは想像もしていなかったよ。心のどこかで高をくっていたんだな」

と遼一はいい、どうすれば別れないでやっていけるかを真剣に考えてみたいと思うともいった。自分がどこか狂ってしまっていたのかもしれないと素直に認めた様子でいった。

「気持ちを率直に話してくれて、本当によかったよ」

夏海は遼一のいうことを黙って聴いていた。

遼一は自分の性格を決していいとは思っていなかった。欠点だらけで、それをどういう風にすれば直せるのかと悩んでいたということを夏海は知らなかった。器用ではなかったので、表面だけを取り繕うこともできなかったのである。

九歳年下の弟の治は、夏海が男性にこうあって欲しいと思うような行動をすることができるということであった。治は遼一より、若い世代の男性の発想ができたということかもしれなかった。共働きの妻のために家事や子育てに大変協力的で、夫婦仲もよかった。

ずいぶん以前、清は遼一に治が長男であったらよかったと考えたことがあると話していたことがあった。

「ぼくもそう思うよ。治ならきっとお母さんとうまくいったのにね。残念だよ」

「でもね、治の奥さんがどう思うかは別問題だよ。お母さんが考えている程、甘くはないかもしれないよ」

遼一は子どものころから清のいうことには、素直に従おうとしなかった。右といえば左に行き、前といえば後を向くというふうであった。とりわけ反抗期にはその激しさが増した。その原因は、自分が母親に愛されてこなかったのではないかという疑問に基づいていたのではないかとずっと考え続けてきた。

「そんなふうだったから、おふくろはぼくが長男であっても、老後の面倒をみてもらおうなんて思ったことはなかったと思うよ。しかし、皮肉なことに、結局、一緒に暮らすことになってしまって、幸せではなかったような気がするんだよ」

遼一は過去を振り返るように夏海に語った。

夏海は言葉を選びながら穏やかにいった。

「そういうふうにあなたが考えてきたのは、あなたの思い過ごしじゃないかしら。お母さんは二十歳で結婚したんでしょう。すぐに年子で二人の子どもが生まれて、それに、そばに助けてくれる親もいなくて、苦しんでいたと思うのよ」

夏海は続けていった。

「お父さんは会社一筋の人だったでしょう。私のような女性の立場からすると、何だかお母さんがかわいそうに思えるわよ」

夏海の話をじっときいていた遼一がいった。

「そんなこと考えたこともなかったよ。子ども心に、一生懸命におふくろに愛されたいと思っていたのかもしれないね。なのに、二人の幼児を抱えたおふくろはそれどころではなかったんだろうね。長い間、ぼくは愛情飢餓状態だったのかもしれないということだね。それが母親に対するさまざまな反抗的な行動になってしまったのかもしれないな」

遼一は夏海のような考え方をしたことがなかった。自分の職業が子どもたちを教育する教師だったのに、そういうことを深く掘り下げて考えたことがなかったことに初めて気付かされたのである。それと同時に、これまでの母親への疑問が少し解けたように感じた。

「子どもは幼いときに、誰かから、できれば母親から、盲目的ともいえる愛情を注がれる必要があるように思うのよ」

　という夏海に、遼一は尋ねた。

「そうかもしれないな。ぼくの人生を振り返ると、そういう経験はなかったように思うな。君にはそういう経験はあったのかな」

　遼一は夏海の親子関係について、これまでほとんどきいたことがなかった。たまに二歳下の妹のことを話した。妹は地味な性格だった夏海とは対照的で、容貌も目立っていた。小学三年のころ、自作童話発表大会で市で優勝し、県大会では二等賞をとったという。その時に賞品としてもらった、鳩時計が柱に掛けられているのを、遼一も見たことがあった。

　夏海は妹に比べて地味で目立たなかった。

「私の故郷は雪国でしょう。美味しいお酒をつくる小さな造り酒屋がいくつもあるのよ。父はお酒が大好きで、毎日二合の晩酌を欠かさなかったの。外で雪が降っている夜には炬燵で私と向き合って、毎晩晩酌をするのを何よりの楽しみにしてたの。鰤とか蒲鉾とかをつまみにしてね。いろんなことを話してくれたわ。そして、毎回、お前は宝者だというのが口癖だったの。だから父には特別に可愛がられていると思っていたわ」

　夏海はそういいながら、明子のことを考えているのではないかと遼一は思った。

「明子は誰かにしっかりと可愛がられたことがあったといえるのかな」

「明子にはあなたのお母さんがいてくれてよかったと思っているわ」

　遼一の問に、夏海が答えた。夏海の意外な答えに遼一は驚いた。清が初めて、明子に会った日のことを思い出したのである。あのとき、清は小さな明子を抱きしめていった。

「この明ちゃんは、神様が私に下さった大切な子どもだと思うよ」

次男の周二の面影を明子の中に見ていた。

清は本気でそう思い、明子と接してきたのかもしれない。それを明子は肌で感じながら育ってきたということかもしれないと、遼一は考えた。明子があんなに清に対して素直になれるのは、そういう清の愛情をしっかりと受けとめていたという証しのような気がしたのである。

そのことを夏海はよく分かっていたということだと遼一は思った。夏海自身は仕事に追われ、明子を清のようにしっかりと抱きしめることができなかった。それが、明子を夏海に対して反抗的な態度をとらせる原因になっていたのかもしれないと遼一は思った。

遼一はこれまで、夏海とそういうことについて話をしたことがなかった。だから、夏海が心の深いところで、何をどう感じているのかあまり理解できていなかった。夏海が男性と同じように仕事をし、一人前の職業人として働きたいと考えているらしいということは理解していた。そして、女性であるということで、さまざまな重荷を抱えていて、それでも諦めないで一歩でも二歩でも前に進みたいと努力をしていることも理解しているつもりでいた。

しかし、自分の親との同居などで、どれ程我慢していたか、遼一は本当のところ分かってやれなかった自分を悔いたのである。

夏海は家を出て、これまでの、遼一の親との同居生活がどんなに息苦しいものだったかということに改めて、気付いたのではないかと遼一は思った。そしてあの家を建てる前に、マンションで明子を含めた三人で生活していたころの気楽だった日々に思いを馳せた。

三月の春休みになると間もなく、遼一が本当に引っ越してきた。夏海が賃貸契約していた不動産屋と話し合いがもたれ、特に問題もなく了承され、契約書も書き換えられたのである。

「お義母さん、大変だったんじゃないの。あなたが残るから、嫁の私が出ていってもそのうち戻るだろうぐらいに軽く思っていたと思うのよ」

「仕方のないことは、仕方がないんだよ。おふくろには諦めてもらうしかないね。ある意味では、身から出た錆みたいなもんだよ。あの土地の名義のことだって、親父のいったことを姉や弟に圧力かけさせて勝手に反故にしてしまったんだから」

遼一は清にはあの家があって内山久子が毎日やってきているし、週二回掃除の家政婦も来ていて、そのうえ、英語の塾の仕事もしているから、生活が崩れることはないだろうと考えていた。自分が同居しているとはいっても、朝早くから夜遅くまで、実際のところ家にはいない訳だから、大した影響はないだろうと思っていた。家のローンを払い続けるのは、親への仕送りと思えば、自分なりに納得できた。

その後、明子が電話を掛けてきた。

「ママ、驚いたわ。先週、おばあちゃんのところへ行ったら、パパも家から出ていったというんじゃない。二階の私の部屋はそのままだったし、本箱や本などはいっぱい残っていたけど、何だかとっても寂しかったわ」

「ごめんね。明子にはパパのことを連絡しなくっちゃと思っていたんだけど。一度こっちに寄ってくれないかな。前にママが引っ越したマンションにパパが来たのよ。今は春休みで昼間大体、家にいるから」

「分かったよ。就職のことで相談したいし、来週あたり、電話してからいくことにするから。パパもいるんでしょう。暢気なもんだよね。でも、おばあちゃんは口では寂しいとかいろいろいっているけど、内山のおばさんが毎日来ているというし、元気だから心配ないよ。私が週一ぐらいの割で行ってあげるよ」

その夜九時ごろ澄子から遼二に電話があった。

「どういうことなのよ。お母さん一人にして、あんたたちは、そんな親不孝をしていいと思っているの。あんな老人を一人にして、何かあったらどうするつもりなの」

遼一がそんな電話の内容を夏海に話した。

清からも遼一に時々、夜遅く電話があった。

「いろいろ反省もしているから、あんただけは戻って来て欲しいんだよ。頼むよ」

といつも同じような内容の電話だった。

清はまさか、長男の遼一までが、家を出て行くことはないだろうと思っていたようだった。嫁の夏海がいなくても、遼一さえいてくれれば、なんということはないと高をくっていたのだろう。

それが、春休みに入ったとたんに、遼一が清にいったのである。

「お母さん、ぼくは夏海と別れる気はないからね。このままの状態じゃ、夏海が戻ってくることは、まず考えられないし、狭いマンション住まいだけど、一応そこへぼくも引っ越すことにしたよ。だから了解してほしいんだ。この家のローンはもちろん、責任をもって払っていくから心配しなくていいよ」

遼一は引っ越すマンションは割と近いし、何かあったら、連絡をくれれば、すぐに来られるということも付け加えた。

「しばらく前に内山のおばちゃんに、夏海さんが出ていったことを話したら、驚いてひっくり返りそうになっていたよ。そして、嫁さんなんて、そんなもんだよといったんだよ。でも、あたしんちの嫁さんは出ていくようなことはしないと思っているんだがね。くわばら、くわばらとも、いっていたよ。それが今度は長男のあんたまで、出て行くなんて、恥ずかしくて誰にもいえやしないよ。何とかもう一度考え直してもらえないかね」

と清は必死な表情で食い下がった。

春休みになって、ようやく一段落したと思っていた時に、澄子から朝、電話があった。

「夏海さん、お母さんがね、腰痛で立てなくなって入院したの。昨日の昼間、私の方に内山のおばさんから電話があったの。おばさんの家のお嫁さんが救急車を呼んでくれて、緊急に入院したのよ。私も主人の仕事のことで、とても忙しいのに、昨晩からこちらに来ているの。市民病院よ。頼むから、病院に来てくれないかしら。遼一さんもいたら、一緒に来てほしいんだけど、できるだけ早くね」

澄子はいいたいことをいうと一方的に長い電話を切った。

夏海が遼一に話すと、遼一がいった。

「親なんだから、こっちに電話なんかしてこないで、自分で面倒みりゃいいじゃないか。夏海にいうと、何とかしてくれると思っているんだよ。いい気なもんだ。ぼくにいうんなら、まだ、少しは分かるがね。ぼくにいったって役に立たないと思っているんだよ」

夏海は黙って、病院へ出掛ける準備をして、遼一をせきたてるように促した。

「理屈はいろいろあると思うけど、放って置けないでしょう。車だと、十分ぐらいでいけるから。早く準備してくれる」

病院の駐車場は三カ所あったが、どこも満車で、すぐには入れなかった。駐車待ちをしている車の後に並んで順番待ちしたがなかなか空かなかった。三十分以上も待って、ようやく車を停めることができた。市民病院は評判のいい病院で、いつも患者で込んでいた。

受け付けで、外科病棟への行き方を尋ね、きいた通りの順路に従って曲がりくねった廊下を歩き、エレベーターで五階の外科病棟のナースステーションにたどり着いた。

清の部屋を確認した。五〇四と書かれた部屋の前に四人の患者の名前が書かれていた。清の名前は一番下だった。入り口はカーテンが引かれているだけだった。左奥の窓側のベッドに清は寝ていた。痛み止めの点滴がされているようだった。澄子が夏海と遼一を見て、ほっとしたようにいった。

「お母さん、腰痛の原因がまだ、よく分からないの。教会の帰りにたくさんの買い物をして、重いビニール袋を提げて帰って、部屋に入ったところで、転んだそうなのよ。そして、立ち上がれなくなっているところへ、内山のおばさんが訪ねてきて、ここに入院することになったの」

明日の午前中に精密検査をすることになっているが、本人の様子から椎間板ヘルニアかもしれないと看護師はいっているという。澄子は昨日から来ていて、明日もずっとという訳にはいかないということだった。二人に来てもらってよかったといい、自分は今日夕方前に家に帰って、改めてまた、そのうち、出て来ることにすると遼一たちにいった。

澄子の長い話の間、清は眠っているようだった。夏海と遼一は清のベッドのそばに立って青白い顔色をして横たわっている清の姿を見ていた。

「お義姉さん、大丈夫よ。私たちは近くに住んでいるから、入院中のお義母さんのことはできるだけのことはしますから。もし、椎間板ヘルニアを手術するとなると、あの年齢だと、リハビリも含めて一カ月ぐらいは入院することになるかもしれないわね」

夏海がいうと、澄子が答えた。

「ええっ、そんなに長くなるの。本当に大変なことになってしまったわ」

遼一は不機嫌そうな顔をして黙っていた。

遼一は、老人の面倒などみたこともなく、母親の清のいうことだけを鵜呑みにして、遼一夫婦のことを非難しておきながら、困ったことが起きると、自分たちに責任を押し付けてくるという澄子の態度を不快に感じていた。

病室の廊下の突き当たりにソファーがいくつか並べてあった。そこに、三人は座った。

「それで、お姉ちゃんは今度はいつごろこちらに来られるの。ぼくたちだって、ずっと春休みという訳でもないからね。治には連絡したの。お袋はぼくたち三人の親なんだからね。三人で協力して、やっていくのが筋じゃないか。極端にいうと、夏海に義務はないんだよ。そこのところよく考えてもらいたいもんだよ」

遼一の言葉をきいていた澄子がいった。

「治さんには、まだ連絡していないのよ。あそこは共働きで、子どもたちも小さいし。私は、主人と相談しないといつ来られるか分からないわ」

清の腰痛の精密検査が翌日行われた。遼一と夏海が二人で病院の待合室で検査が終わるのを待っていた。

検査の結果は翌日分かるということだったが、清の腰痛は激しく治まらなかった。ストレッチャーでベッドに運ばれ、痛み止めの点滴が続けられていた。

「澄子は昨日の夕方かえったのかい」

と清は痛みのためか小さな声できいた。

「そうなんだ、もう少しいてほしかったが、いろいろと忙しいということだったよ」

と遼一が答えた。

「あんたたちには迷惑をかけて悪いね。なんだかんだいっても、結局は世話になるしかないのだろうね」

珍しく弱気になった清を見て、夏海が清に声をかけた。

「お義母さん、私たち春休みだから、仕事をやすんでいる訳ではないの。心配しなくていいのよ」

「昨日の夜、治にも連絡しておいたから、そのうち来てくれるよ。明子もおばあちゃんの一大事だから、来るといっていたよ」

その日の午後、明子が病室にやってきた。そして、夕方、治がやってきた。

清がことの次第を縷々説明していた。

「明日、手術するかどうかはっきりすると先生がいっていたよ」

「おばあちゃん、今日、私、夜までここにいて、今夜はママたちのところに泊めてもらって、明日もくるからね」

と明子がいった。

「明ちゃん、ありがとう。明ちゃんがそばにいてくれるだけで、本当に気持ちが休まるんだよ」

治は夜八時過ぎに、車で帰った。

「じゃ、お母さん、明日また、来るからね」

と遼一がいい、三人家族で引き上げた。久しぶりに親子三人で一晩一緒に過ごした。

翌日、午前中に明子が清の病室に出掛けた。午後一時には、遼一と夏海が主治医からの精密検査の結果をきくために、指定された診察室を訪れた。

医者はレントゲン写真をフィルム観察器に差し込んで、写真を示して説明してくれた。

「命にかかわるような事態ではありませんが、腰椎にヘルニアが二カ所あります。以前から多少の症状があったのではないかと思いますが、今回、転ばれた際に腰椎骨の間の椎間板、つまり、繊維性軟骨が本来の位置からはみ出し、神経を圧迫していると判断されます」

と医者は丁寧に説明してくれた。

「どういう治療が考えられますか」

という遼一に医者が答えた。

「ご高齢ですが、手術されるのがいいと考えます。二週間ぐらいの入院になると思いますが、手術の日時は後程看護師からします」

遼一と夏海は医者に丁寧に挨拶をし、退室してから、清の病室に向かった。

「思っていたより、軽くてすみそうだね」

と遼一がいった。

清の病室には、明子がベッドのそばの丸椅子に座っていた。清はいたみ止めの点滴のせいか、眠っているようだった。明子がきいた。

「おばあちゃん、どうだって」

「大丈夫よ。命にかかわるようなことではないという説明だったわよ。ただ、手術することになるというの。二週間ほどで退院できるそうだけど」

夏海に続けて、遼一が話した。

「よかったよ。それほど大変なことにならなくて。ほっとしたよ」

話している間に目を覚ました清がいった。

「いろいろ迷惑をかけるね。私は手術をするんだってね」

「手術の日取りなどは、まだはっきりしていないけど、命に別状はないそうだから大丈夫だよ」

と遼一が珍しく優しく清にいった。

「おばあちゃん、よかったね。退院したら、しばらく私が泊まり込むからね」

と明子がいった。

三人は夕方まで、清の病室で過ごした。その間に、遼一が看護師に廊下に呼び出された。手術の日程に関する連絡であった。

翌々日の午前九時に手術することになった。そのことをベッドの清に伝えた。

「お母さん、手術をすると今の激痛はなくなるんだよ。長い間、腰が痛いといっていたが、それもなくなるそうだよ」

「手術なんか考えたこともなかったけど、それで、腰の痛みがなくなれば嬉しいことだよ。怪我の功名とでもいうのかね」

と明るい声で話した。

「お姉ちゃんや治には、電話で知らせておくからね。ぼくと夏海が付き添うから心配はないと思うが」

「おばあちゃん、私もついているからね」

明子がいうと、清はちょっと涙ぐんだ。

遼一は夕食後、澄子と治に電話で連絡をした。

「よかったわ。命に別状ないなら、別に手術の日に行かなくてもいいわよね。しばらくして落ち着いてから行くことにするから」

と澄子は答えた。治もそのうち、病院へ行くとだけいった。

夏海は翌日、市役所の福祉課の長寿支援担当という部署を訪ねて、いろいろきいた。

「一人暮らしの老人に対して、どのような具体的支援が受けられるのでしょうか」

という夏海に担当の男性職員がきいた。

「ケースバイケースということですが、ご本人はどういう状況なんでしょうか」

「掃除とか買い物とか、食事の準備とかお願いできるのでしょうか。おききしたかったものですから。今は入院していますが、退院してからお願いすることになると思って。また、どんな手続きが必要かも教えていただければありがたいと思いまして」

清の手術は無事に終わり、年齢の割には、経過も順調で回復も早かった。

遼一と夏海は春休みが終わり、新学期が始まっていて多忙な日々を過ごしていた。

清の退院の日は夏海が午後、休暇を取った。明子も駆けつけてきて、夏海の車に荷物を積み込み、自宅に戻った。清の退院を待ちかねていた内山久子が、まもなくやって来た。

「よかったね。おばちゃん。寂しかったですよ。病院に行こうにも、嫁さんに止められていたんでね。あたしが行くと迷惑になるから駄目だっていうんですよ」

「病室は四人部屋で狭くて、話もできなかったから、内山のおばちゃんに悪いと思っていたから、それでよかったんですよ。それにね一回、絹子さんだっけ、おばちゃんちのお嫁さんが見舞いに来てくれたんですよ。その時、私の好きな梅久のお饅頭をいただきましたよ」

「そんな様な名前でしたね。そうでしたか。あの嫁さんにしては上出来ですね」

清と久子の日常が戻ったという感じだった。

「今日は明子が泊まるそうですから。明日からは福祉の方の人が週二回お掃除に来てくれます。それから、これまで、お義母さんがお掃除をお願いしていた、中山さんが買い物や食事の支度で一カ月ほど、日曜日以外は通ってくれることになっていますから」

夏海の話が清にどのくらい通じたか、分からなかったが、ともかく、当面清が困らないような段取りを夏海はつけていた。

夏海は二階に上がらなかった。もう、この家は自分の家だとは思えなかったのである。明子は元の自分の部屋でベッドを整えるために二階に上がっていった。

あの開放的で広いベランダは、多分、清の洗濯物や布団干しのために使われているだろうと、遼一がいっていた。部屋に取り残された本等は、もう誰にも見向きされないままに放置されていると想像するだけだった。

あんなに、遼一が頑張って造った家に、遼一自身、関心がなくなっていた。

「あの家は、もうおふくろの家だよ。毎日毎日住まないと、愛着がなくなるということがよく分かったよ。この賃貸の狭いマンションがぼくたちの住まいだと、今は思えるよ」

遼一のいう通りだった。

家具らしいものはほとんどなく、本箱とベッドが二つだけの住まいだったが、特別に不自由を感じないのは不思議だった。この狭い住まいに移り住むようになって、遼一は夏海に以前よりも気持ちが近付けたように思うのだった。

二人でいた時、たまに狭いベランダから外を眺めた。七階からの眺めはよかった。夏海はそこに、プランターを置き、夏前に朝顔の種を撒いた。小さな芽が出て、日が経つごとに葉っぱを増やしていった。三本の細い竹に巻きついた所でいくつもの花が咲いた。

遼一はその朝顔の花を眺めながら話した。

「土があったらもっと沢山の朝顔を植えられるね。前の家で一杯花を咲かせていたね」

「そうね。でもマンションのこんなに狭いベランダでは、これが精一杯よ」

夏海が寂しそうに答えた。

「こういうマンションじゃなく、一戸建ての借家を借りたらどうだろう」

と遼一がいった。

「そんなこと、考えたこともなかったけど、古い家でもいいから、ほんの少し庭があるところで、安く借りられるような家があるといいんだけど」

と夏海が乗り気になって答えた。

でも、それはとても難しいのではないかと夏海は思ったのだろうなと遼一は考えた。でも、もし、今払っているぐらいの家賃で、小さな一戸建てが借りられるならば、いいかも知れないと考えた。五十過ぎた自分と四十代後半になった二人の住まいとしては、こういうマンションは相応しくないと思うようになっていた。不動産業をしている知り合いに相談してみる価値はあると、遼一は考えた。

「一度、大野さんに相談してみようか」

と夏海にいうと、気乗りしない様子だった。大野さんというのは、遼一の遠い親類で、不動産の賃貸と仲介の斡旋にかかわる仕事をしている人物だった。物静かで、穏やかな性格は、およそ不動産業のイメージとはほど遠い印象で、夏海も信頼できる人だと思っていると遼一に話したことがあった。

そんな話が出たが、結局は日常の忙しさで追われる日々になり、いつの間にか、日が過ぎていった。

清は手術のおかげで腰痛が治まり、元気に過ごしていた。福祉課から派遣されている掃除のヘルパーと買い物や食事の支度を支えてくれている中山家政婦とはうまくいっているようであった。内山久子は毎日やってきていたし、特別の不満はなかった。明子がよく泊まりがけで訪ねていたし、澄子も一月に一度ほどは顔をみせているようだった。治も家族連れでたまに車で訪ねているようだった。

平成も四年目に入っていた。清は八十歳を目の前にしていた。久子は八十半ばを過ぎていたが、特別、病気をすることもなく、仕事にでも通うように、普段着の和服をしゃきっと着て、毎日清の家を訪ねていたのである。

清は遼一や夏海のことを忘れて過ごせるようになっていた。遼一が払ってくれていたので、住宅ローンや光熱費や固定資産税などを気にする必要は清にはなかったのである。

英語の塾も一時ほど生徒は来なくなっていたが、慎治の遺族年金があったので、生活費には困っていなかった。教会への献金も慎治がいた時と同じ額を支払っていて、毎週日曜日は教会へ出掛け神に祈って安らかな時間を過ごすようになっていた。

遼一は結婚して以来、長い間共働きをしてきて、家事や育児その他、日常の家庭生活にかかわる雑事に、自分があまり貢献してこなかったということを、自覚できるようになっていた。遼一の自己中心的な生活態度は、ほんの少しずつ改善されていた。夏海の目指す目標にはほど遠かったが、遼一の努力している姿勢だけは認められるようになっていた。

「離婚なんかされたらたまらないから、ずいぶん悩んで、ぼくなりの努力をしているよ」

夏海もいろいろ悩んでいた。しかし、別れることを考える時、あのころの遼一の姿が頭に浮かんだのである。必死で解雇を撤回しようとがんばっていたころの顔が思い出された。そうすると日常の些細なことに対する不満がとてもくだらないことに思えてしまうと遼一にいい、あの時のああいう人を伴侶として選べて、幸せだと思った日々を、消しゴムで消すように消して何が残るのかと考えているともいった。

夏海が苛立っていい続けた言葉を遼一は少しは理解できるようになっていた。そのことが夏海の気持ちを癒やし始めていたのである。

遼一は、子どもは自分の親たちの行動様式を知らず知らずのうちに刷り込まれていくのではないかと思い始めていた。父の慎治と母の清の夫婦の役割分担をじっと見つめていたのだろうと考えた。時代が変わり、女性が仕事をもつようになっても、遼一は、妻に母の清が担ったような役割を求めていたのかもしれないということに気付いたのであった。

「これまでの人生の長さに比べると、残り少ない時間になってしまうと思うが、その限られた時間の中で、自分の足りなかったものを補うように精一杯努力させてもらいたい。そういうチャンスを与えて欲しいんだ」

と遼一が夏海に語ったのである。

夏海は、別れないでやっていけそうだと遼一にいうようになっていた。ずいぶん当たり散らしてきた自分の遼一に対する態度に問題があったともいった。それから娘の明子のためには、遼一がいてくれたことを本当によかったと、次のような話をした。

「わたしの古い友人がね、二十代のころ、夫婦でどちらかが先に亡くなる事態になったら、子どものために絶対に再婚しようと約束していたというのよ。それから数年後、実際に相手が事故で亡くなってしまったのよ。彼女は結局再婚しなかったの。父親の役割を果たしてくれるような人に出会えなかったといっていたわ。子どもには、両親が必要だという彼女のいい分、今の私には分かる気がするの」

夏海は自分が狭量で、観念的だったために、本当に大切なものを見失うところだったと遼一にいった。夏海の男女は平等であるというこれまでの主張は当たり前のことだったのに、生活の中で、自分が具体的に実践してこなかった非を初めて本気で自覚したのである。

夏休みの半ばころの午後、電話が鳴った。

「溝口さんでしょうか。先日はどうも。大野ですが、お宅のすぐ、近くまで来ていますので、そちらに伺いたいと思いまして」

遼一が電話に出た。

大野はそれから十分もしないうちにやって来た。

「いい場所にありますね。駅前で便利ですし、私の事務所もそれ程遠くないんですよ」

と大野が丁寧な口調でいった。痩せ型で眼鏡をかけていて、四十代で頭頂部の髪が薄くなりかけていた。大野秀明は遼一の父方の遠い親類だったが、親類の慶弔時以外の、普段の付き合いはないままで過ごしてきた。

「先日はどうも、こんなところに借り住まいということになっています」

そういった遼一の言葉には答えないで大野は夏海にいった。

「ご無沙汰しています」

数日前に、遼一は大野の事務所を訪ねていた。その時にこちらの近況とこれまでのあらあらの事情を大野に話してきたと夏海に報告していた。

「遼一さんの話をきいてから、いろいろ情報を調べさせてもらいましてね。今日はその報告を兼ねて来ました」

大野がいうには、一戸建ての貸家について何軒か検討しているが、駅から遠すぎたり、家が大きすぎて家賃が高かったり、なかなか、条件に合うものがないということであった。

「このマンションの家賃が八万円だから、十万円以内ぐらいで探して欲しいと話したんだ」

と遼一が夏海にいった。

「それで駅に近くて、車庫付きでしたよね」

大野は付け加えた。

「そうね。車庫は外せないわね」

「バブル前だったら、そういう条件でも探せたかもしれないんですがね。何しろ、今はかなり難しいんですよ」

と大野はいいながら、何かちょっと含みがありそうに語尾を濁す言い方になっているのを遼一は感じた。

「大野さん、何か心当たりというか、提案みたいなことがあるんじゃないですか」

そういうことに関しては全くの素人なので、その辺のところをはっきりときかせて欲しいと遼一は大野の本音をききだそうとした。

大野は何か特殊な訳あり物件は別として駅の近くで車庫付きの物件で十万円以内というのはないだろうといい、少なくとも、十五万円は覚悟しないと無理だと話した。

すでに、土地バブルははじけ始めていたが、まだ、取引きされていた土地はそれ程安くなったという感じではなかったが、一時のような過熱感はなくなっていた。

大野は不動産業の専門家として、直感的にまもなく、地価が急速に下がるのではないかと判断していたのである。

遼一は夏海との生活を再出発したいと考え始めていた。これまで長い年月を共に過ごしながら、常に自分のことを中心に考えて、妻である夏海に対しての配慮を欠いた日常生活を根本的に改めてやり直さなければ、まっとうな人生を生きたことにならないように感じ始めていたのである。

夏海は母の清に何かあると、そのために骨身を惜しまず奔走していた。しかし、同じ屋根の下に住むことは、もう考えてはいないことは、遼一と同じだったが、夏海のその決意には並々ではないものがあることを遼一は承知していた。

「ねえ、この間の大野さんの話だと、一戸建てを借りるのは、難しそうね。家賃で十五万円以上も支払うことはとてもできないと思うわ。どう考えても。お義母さんのところの住宅ローンもあるし、このままでもいいと思っているのよ」

夏海がいうと、遼一が応じた。

「そんなに結論を急ぐことないよ。大野さんのこと、あまり話したことなかったけど、彼は温和で線が細く見えるが、ことをいったん引き受けると、とことん面倒を見る人なんだ。そのうち、また、何とかいってくるはずだよ」

夏海は内心、駄目なものは駄目なんだから、遼一のいっていることを半信半疑できいていた。

それから一カ月ほど経った、九月の日曜日に、大野から遼一に電話が掛かった。

「今日、午後こちらの事務所に来てもらえないだろうか。話したいことがあるので」

遼一が夏海にいうと、夏海がいった。

「こちらへ来てもらえるとありがたいのにね。仕方がないわ」

二人は身支度をして、車で大野の事務所に出掛けた。駅前のマンションの一階にあった事務所兼店舗は間口が広く立派なものだった。

大野は機嫌よく二人を迎え、応接室に通してくれた。事務所の数個のデスクの上には電話機がそれぞれ置いてあり、三人の営業マンがかいがいしく働いていた。

「急に呼び出して、すみませんでしたね。実は、どうかなという話が出てきたんで、ご相談しようと思いましてね」

「そうですか。大野さんのことだから、前回の話のままで終わるとは思っていませんでしたが、どんな話が出てきたんですか」

遼一が訊ねた。

大野の話というのは、換金を急ぐために格安で売り出された土地があるというのである。土地は三十坪弱の狭いものだが、先月あたりの値段と比較して、半値以下になっているというのである。それも、最寄り駅から徒歩で二〜三分だということであった。

「この数年の土地バブルは、異常でそう遠くなくはじけると思っていましたが、まさに、そのはしりのような物件が出てきました」

大野が話を続けた。

「遼一さんは株などに興味はないと思いますが、平成元年の年末には、東証の日経平均株価が三万八千円を超えたんですよ。それが、翌年の秋には、二万円割れになったんですよ」

大野はこういう事態が不動産価格に影響しないはずがないといい、今回自分に持ち込まれた土地物件は売り急ぎの兆候だと強調した。ただ、それでは、すぐに賃貸物件の家賃が安くなるかというと、それは三、四年遅れになると推測しているということであった。

「ぼくにはよく分からないんですが、大野さんは何を提案されているんですか」

遼一が問うと、大野は待ってましたとばかりに話した。

「今、出ている土地を買って、家を建てたらどうかということなんです」

遼一と夏海は驚いた。

「ぼくたちは、すでに親の土地に家を建てて、住宅ローンを払っているんですよ。その上にまた、家を建てるなんてこと、そんなことできるんですか」

「いいですか、一戸建てを借りて十五万以上もの家賃を支払うことを考えると、家と土地で併せて、ローンを組んだって、計算してみると、月々十万以下の返済で済むんですよ」

遼一は狐に抓まれたような気持ちになった。夏海の顔をみると、なるほどと納得したような様子であった。夏海は自分の名義の住宅ローンを組んでいなかった。だから、自分の年収と年齢ならば、もしかしたら、あり得ない話ではないのではないかと考えているように思えた。

「大野さん、収入などの確認のための書類や返済可能期間などをもとに、一度きちんと計算してくださいませんか」

と夏海がいうと、大野が呼応していった。

「責任をもってしましょう」

思いがけない展開になるかもしれないと、遼一と夏海は顔を見合わせた。

「これからその土地を、見ておいてもらいたいと思って、事務所に来てもらいましたが、いかがですか」

という言葉に二人は反対する理由はなかった。大野の車に乗せてもらい、その事務所のある駅より、一駅東京よりの、常磐緩行線の駅前大通りを一五〇メートルほど行くと生花店にぶつかり、丁字路になっていた。渡って右に折れると、すぐに左側に入る細い道があった。その道をしばらく歩くと、右側にその土地があった。周囲を家に囲まれた、草に覆われた、三十坪ほどの土地であった。道幅は三メートルほどで狭かったが辺りは閑静な住宅地であった。

土地を確認してから、三人は再び、事務所に戻った。事務所の駐車場には夏海の車がとめてあった。車をそこにおいたまま、大野の事務所から出た。

その駅前の洒落たイタリアンレストランで食事をして帰ろうということになった。日曜日の駅前商店街は賑やかだった。

「驚いているよ。家を建てようなんて考えてもいなかったよ。家なんか、もうこりごりだと思っていたよ」

という遼一に、夏海もいった。

「大野さんにいわれるまで、賃貸住宅しか考えていなかったわ」

夏海は自分たちが共働きだということに気が付いたのである。夏海は四十代半ば過ぎだが、男性と同じ年収があるということであった。このぐらいの年収で家を建てている同僚が何人かいたのである。

食事をしながら、二人はとんでもない〈発見〉でもしたように興奮して話し続けたのである。私たちの再出発の家が本当に可能なのだろうかと遼一に夏海は確認するように何度も話しかけたのであった。

「あの土地、私が考えていた条件にぴったりだと思ったわ」

「駅から二、三分で、閑静で、駐車場だって可能だということだよね」

遼一が夏海に代わっていった。

それから数日後の夜八時過ぎに、大野から遼一に連絡の電話があった。

「この間の土地のことなんですが、どうしましょうか。売り主が換金を急いでいるので、こちらとしては、できるだけ早く決めていかないとまずいと考えているんですが」

「前向きに考えていて、いろんな書類を大野さんに見てもらおうということになっているところです。明後日の土曜日の夕方、そちらにいきますが、どうでしょうか」

という遼一の返事に大野は同意した。

土曜日の夕方、夏海の車で大野の事務所に二人で出掛けた。そして、夏海が準備した書類に目を通した大野は頷いていった。

「いけますね。全額住宅ローンというのは難しいですが、自己資金がどのくらいあるかということによって、ローンの組み方を検討するしかないでしょう」

遼一は夏海が書いた自己資金の総額を計算したメモ用紙と収入証明書を大野に渡した。

「そうなんですか。土地の代金分は自己資金で賄えますね。それなら何も心配いりませんよ。楽々と返済できるローンが組めますよ」

大野は、書類に目を通していった。

土地は手に入れられたとしても家を建てることに関しては、心配しているという遼一に大野が自分の考えていることをのべた。

「私の信頼できる友人が、工務店をやっています。そこで建ててもらうということにすると、割安でやってくれると思いますがどうですか」

「私たちは二人で住める小さな家でいいと考えているんです」

大野は顔をほころばせてきいていた。

その後、大野立ち会いで、工務店の経営者に会い、おおまかな希望事項を個条書きにした書類を渡した。後は大野が責任をもって対応してくれることになった。

秋から冬へと季節が移るころには、家のことなど考える暇もない忙しさで、遼一と夏海は仕事に追われて過ごしていた。

明子が久しぶりにマンションに訪ねてきた。

「ねえ、就職のことだけど、いろいろ説明会があって、出掛けているの。内定を取ったところも何社かあるの」

と遼一と夏海に説明した。

「そんなに何社も内定が取れるなんて考えられないよ。パパなんかの時代にはとても考えられなかったことだね」

という遼一に続いて夏海もいった。

「私なんか卒業時の就職はなかなかなかったわよ。三月末になってようやく、大学の先生から紹介してもらった私立高校に決まったのよ。特に、四大を出た女子学生の就職は難しかったこと、思い出すわ」

遼一はこの時代は少しおかしくなっているように感じていた。バブル景気と囃されながら、一方では、不動産の投げ売りが密かなかたちで出てきていたし、大野の指摘した株価の異常な値下がりについても、不気味さを感じていた。明子の就職が決まり、早く社会人として出発するまで、平穏な世の中であって欲しいと思うのであった。

結局、明子は当時、初任給が高かった民間の大企業ではなく、地味な社団法人の事務職員として働くことにしたという連絡を電話でしてきた。遼一は明子の選択を賢明だといって喜んでいた。給料はそれ程でなくても、細く長く働けるところを選んで欲しいといっていた夏海の気持ちを汲んでくれた結果だろうと遼一は思っていた。その後、就職のための保証人の書類やその他手続きのための役所の書類を勤務予定先に持参したと、明子からは連絡があった。

三月に入り、大野から久しぶりに連絡があった。

「遼一さんたちは暢気なものですね。家を建てているのを忘れていたんじゃないのかな。もうすぐに家が建ちあがるんですよ。一度、現地を見にいきたいんですが、明日の午後辺りいかがですか」

「ああ、大野さん、仕事に追われていて、本当のところ、家のことを忘れていましたよ。三月末ごろときいていましたから、もう、ぼつぼつということになりますね。明日の午後一時過ぎに、そちらの事務所に二人で行きますので、よろしくお願いします」

と遼一は取り繕うようにいった。

電話の側で、夏海が可笑しそうな顔をして遼一にいった。

「本当に、私たち、家のことをすっかり忘れていたわね。誰も信じないでしょうね」

翌日の午後、遼一と夏海は大野の事務所を訪れた。事務所兼店舗の広い入り口のガラス戸には、さまざまな賃貸住宅物件や仲介物件の間取図や値段を書き込んだ紙が張られていた。

大野が奥の自分専用の部屋から出てきた。

「久しぶりですね。この事務所は覚えていたようですね。本当に、こんなに暢気な人たちに出会ったことがなかったものですから、驚いていますよ」

大野は冗談とも皮肉ともきこえるような口調で遼一夫婦を見ていった。

「大野さん、本当にすみませんでした。ぼくたちには、家を建てることに関しては心の傷のようなものがありまして、二人とも、そういう話題はできるだけ避けて過ごしていたということなんです」

と遼一がいった。

「バブルがはじけ始めていて、世の中大変ですよ。昨年、私が話していたことが当たっていたと思っています。これからはこういう不動産業も厳しい時代になると思って覚悟しているところです」

大野は真顔で話した。

「そうですか。私のような仕事では、まだその実感はあまりないのですが、そんなに深刻なことになるでしょうか」

遼一の言葉に大野が答えた。

「とんでもない事態が起こってくると、私は考えています。これまで、数年のバブル景気のつけを何倍にもして支払うことになるような気がしています」

夏海は大野の言葉の奥にある真実味のある人柄に好意を感じていたので、大野の考えているような事態が世の中にどのような形であらわれるのか、ききたいと思ったが、今日は別な用件で来ていると思い黙っていた。

それから、大野の車で、現地に出かけた。狭い道路を左折して入っていくと、まもなく一軒の小さな赤い屋根の家が見えた。その家の前まで来て車を停めた。道路には対向車が来る気配はなかった。三人は車から降りた。

「遼一さん、この家です。工務店の方からは間もなく引き渡せるといってきていますよ。登記等の最終的な手続きが済み次第ですがね。住宅ローンの支払額は、現在の年利で月々九万五千円程になりますが、この先、金利は下がるでしょうから心配ありませんよ」

と説明した大野に、夏海がいった。

「赤い屋根の白い壁の家ですね。門扉まで駐車場に沿ってアプローチまでありますね」

大野はもっていた鍵で玄関のドアを開けた。

その家は一階にリビングと物置と書庫を兼ねた納戸があり、二階には六畳と明子用になるであろう四畳半の和室があり、狭いベランダが南側にあった。南側の狭い庭は隣の高いブロックの塀が境になっていた。西側にはアパートがあり、東側にも家があった。

この小さな家が二人の再出発の家になった。

第八章　それから

市ケ谷の地下道の階段を上がると、地上には、六月の真昼の光が眩しかった。午後一時を少し過ぎていた。

大通りには車が輻輳し、歩道には大勢の人たちが歩いていた。

街路樹の大ぶりの葉が艶やかな緑色で、道端沿いには、紫陽花の花が色とりどりに咲いていた。

遼一は大通りから左方向の脇道へゆっくりと歩いた。これから向かう会館へは三分とかからないだろう。

会館の正面玄関に近づくと、そこには数人の人が出入りしているだけで、辺りはひっそりとしていた。予定されている時間より少し早かった。

照明の輝いているロビーに入ると、右奥にクロークがあった。そこには紺色の制服に臙脂色のスカーフをリボン風に結んだ若い女性の係員が立っていた。

「これ、お願いします」

遼一はその女性にショルダーバッグを預けた。すると、女性は黙って番号札を渡してくれた。

三基あるエレベーターの前の掲示板を見て《溝口遼一さん、ご苦労さん会》三階　菖蒲の間と書かれた表示を確認した。それから遼一は一番手前のエレベーターに乗り、三階で降りた。厚い花柄の絨緞を敷いた廊下を歩いて行くと、いちばん奥の部屋の入り口の手前の壁に「溝口遼一さん、ご苦労さん会」と墨で縦書きに書かれた紙が張ってあった。

部屋の前の広い廊下には、窓を背にしたソファーが置かれていた。そこに三人の男性たちが座って何か話しているのが見えた。

遼一が近づいて行くと、三人共立ち上がって遼一に向かって挨拶をした。

「先日はどうも」

と声をかけてきた。いずれも東京私教連の組合関係者だった。一人は以前同じ職場にいて、遼一の前に職場を去った倉田であり、今回の企画の発起人であり、責任者であった。もう一人は同じ私教連の役員をやっている渡辺、最後の一人は、隣の私立学校に勤めている中野であった。

「ご苦労さまです。よろしくお願いします」

遼一は三人に深々と頭を下げた。

倉田は白髪の交じった長めの髪を大きく振るようにして頭を下げてから、いった。

「大体の準備は終了したよ。当初考えていたように参加予定者は六十人ぐらいになったよ」

入り口の右前の壁側に受け付け用の長机と三脚の椅子が置いてあった。長机の上の左側に参加者名簿を張り付けてあった。そして、その右には黄色の用紙にプリントされた式次第が並べられ、右端には遼一の著書が積み上げられていた。また、会計係用の茶封筒が左端の椅子に置かれていた。

遼一はソファーのそばを離れて、会場になっている部屋の観音開きになっている扉をそっと押して、中に入った。

照明が明るく会場を照らしていた。部屋の中には、人の姿はなかった。壁際には背もたれのついた革張りの椅子が部屋を囲むように並べられていた。部屋の中央には、白い大きなテーブルクロスで覆われた三脚の机が置かれていて、そこには、立食パーティーのためのバイキング料理が並ぶはずであった。

正面には、《溝口遼一さん、ご苦労さん会・『家族の絆』出版を祝う》と大きく墨筆で横書きされた紙が張られていた。

その時、倉田が遼一に近づいて来た。

「誰に書いてもらったのかな」

と遼一がいうと、倉田が答えた。

「すでに引退された嘉納さんだよ。今でも書道界では活躍されていて、今回の会のことを話したら、ぜひとも自分に書かせてほしいということで、お願いしたんだよ。いゃあ、大家の書は迫力が違うねとみんながいっていたよ」

「ありがたいことだなぁ。こんな会がもてる日が来るなんて、夢にも考えたことなかったから」

と遼一がいうと、倉田は笑顔で応じた。

「なんていったって、最後の最後まで、溝口さんはたたかったんだよな。あの職場で定年退職できたということは、凄いことだと思うと頭が下がるよ」

大書された文字の下には、演壇があり、マイクが一本立っていた。

その演壇の近くのテーブルの周りには背もたれのついた椅子が四脚並べられていた。多分遼一や家族のために準備されたものだろうと思った。

「今日は家族の人たちも見えるそうだね。奥さんだけしか知らないが、久しぶりだなあ」

と倉田が懐かしそうにいった。

そのころになると、会場にはちらほらと参加者が入り始めていた。倉田は受付の方へ行った。

遼一は受付近くの会場の入り口で次々に入室してくる参加者にお辞儀をしていた。中央のテーブルには何人かのウエーターたちが忙しく料理や飲み物を運んで並べ始めていた。

遼一が腕時計を見ていると男の声がした。

「倉田さん、溝口さんのご家族の方たちがいらっしゃいました」

遼一が廊下に出ると、夏海が倉田と話していた。その後には、和服姿の清とグレーのスーツを着た明子の姿があった。清は遼一を見つけて、安心した表情になり、近づいてきた。

「お母さん、遠くて疲れたんじゃないかな」

「大丈夫だよ。家からずっとタクシーでね。東京の景色を眺めながらドライブしたみたいだったよ。明ちゃんと一緒にいろいろ話して楽しかったよ」

明子は勤め始めてから八年目になっていて、職場の近くにアパートを借りて住んでいた。時々は清のところに泊まりがけで出かけ、たまに、遼一たちの家に立ち寄っていた。

「今日はおばあちゃんのところに泊まって、明日の朝はそこから出勤するから」

と明子は遼一にいった。

「帰りもタクシーで帰ってくれるかな。この会館の担当者に、三時半にタクシーを手配してもらってあるから。会の途中になるけど、ママが下まで送っていくからおばあちゃんを疲れさせないために、少し早く帰った方がいいと思うの。これ、タクシー代ね」

と夏海がお金を渡すと、明子が応じた。

「そうね。私もそれがいいと思うの。元気そうだけど、もう八十二歳過ぎているんだものね。タクシー代ぐらい、大丈夫なのに」

遼一はそばで明子がとても頼もしく思えた。

倉田が遼一のそばにやってきていった。

「まもなく、二時だから、始めるけど、司会はあのころ、一緒に解雇闘争で裁判をしていた美園学院の浜田啓子さんにお願いしてあるから。それから、乾杯の音頭は森山弁護士に頼んでおいたから、一応知らせておくよ」

といった時、

「皆様、予定の時間になりましたので、会場にご参集下さい」

という、マイクからの声がきこえ、会場の照明が少し暗めに調整された。

遼一の後に清が夏海と明子に挟まれるようにして、指定されていた席に着いた。

演壇に向かって、右側に司会者のマイクがあり、大柄で派手な雰囲気の浜田啓子が藍色のベルベットのスーツに洒落た小さなコサージュをつけて立っていた。

静まり返った会場には、参加者が立っていたが身体の不自由そうな高齢の参加者が二人並んで、壁際の椅子に座っていた。

司会者が式次第に沿って、会の進行をしていった。

開会の辞を倉田が演壇のマイクで述べた。

「本日、日曜日であるにもかかわらず、私たちの呼びかけに賛同下さった皆様がこんなに多くご参加下さり、大変ありがたく思っています。ただ今より、溝口遼一さんのご定年のお祝いと、著書の出版を祝する会を開会致します」

会場に拍手が響いた。

「次に、乾杯の音頭を、長い間の裁判を支え続けて来られました、弁護士の森山先生にお願い致します。皆様、お飲み物のご準備をお願いします」

何人かのウエイターが、金属製のお盆に載せた飲み物を配っていた。

「皆様、僭越ですが、乾杯の音頭をとらせていただきます。ただ、その前に一言だけ言わせて下さい。こんな日が来るとは夢のようです。二十代だった溝口君が、あの学園で無事に定年を迎えられたこと感動です。カンパイ」

乾杯が終わると、三々五々、中央に置かれたバイキング料理の回りに参加者が集まり始めた。夏海と明子は、三つの大きめの皿に何種類かの料理を取り、清と遼一の前のテーブルに並べた。清はこういう席には慣れていなかった。

「結婚式みたいだね。でもちょっと違うね。何だかドキドキするよ」

といいながら、料理に箸をつけていた。

「お母さん、この後、お母さんからの言葉ということになっているからね。気楽に思っていることをいうだけでいいからね」

と遼一にいわれた清は落ち着かなくなっていた。

「こんなにたくさんの人たちの前で、そんなことできないよ。急にそんなことといわれたって、どうしていいか分からないよ」

と清が夏海の顔を見て助けを求めるようにいったので、夏海が穏やかに話した。

「お義母さん、ここを教会だと思えば大丈夫よ。教会で話したことあるでしょう。牧師先生のお話も毎週きいているし、あの調子でいけばいいのよ。皆さん、お義母さんの話をききたいと思っているのよ」

「それでは、溝口遼一さんのお母様がお見えになっていらっしゃいますので、お言葉をいただきたいと思います。皆様ご静粛にお願い致します」

と司会の浜田啓子が柔らかな澄んだ声で、清の方を見ながらいった。

遼一と夏海に促されるように立ち上がった清が演壇の前のマイクの前に立った。倉田がマイクの高さを清にあわせて、低くした。

「みなさま、本日はこのようなお席を息子、遼一のために設けて下さいましたことに心より感謝しております。もうすでに、遼一の父親は他界しておりますが、私は、二人揃ってこの席に着かせていただきたかったと思っているところです。遼一は、私どもの長男でございます。でも、私たちは遼一にはずいぶんと苦労と心配をさせられてきました。大学卒業後、まもなく結核を患いまして、二年余り、自宅で療養致しました。その後、父親の会社の子会社で営業の仕事に就きました。ようやくと思っていましたら、自分の性格に合わない仕事なので退職すると申しまして、退職してしまいました。勤めています間に通信で教員免許を取ったということでした。それで、ようやく、私立高校の教員になり、私ども夫婦はようやく報われたと思って胸を撫で下ろしていましたら、三年後に、事情があって家を出るといって、出て行ってしまいました。そして、その後、しばらくして、学校を解雇されたということを知らされました。本当に驚きました。あまり、いい子だとは思っていませんでしたが、学校で解雇されるほどの悪い子ではないと思っていましたので、何がどうしてそうなったのか、よく理解できませんでした」

清の話は続いた。

「遼一の将来はどうなってしまうかと思うと、本当につらい気持ちで過ごしていました。そうしましたら、そのうち、結婚するからといってここにいます夏海さんを連れてきました。私たちは遼一がかなり変わっていると思っていましたが、解雇されて職もない遼一のような息子と結婚してくれる女性も相当に変わっていると思ったものです。そうこうして年月が経ちましたら、解雇を撤回したので、また、元の職場で勤めるというじゃありませんか。そんなところで勤められるかどうか、また、辞めさせられるのではないかと、びくびくしていました。しかし、それ以後、二十五年間、遼一は定年までその学校に勤め続けました。そして、今日このような会をみなさまに開いていただいています。私たちの長男はこんなに多くの方たちの支えを得て、自分の職業を全うできたと思うと、私はクリスチャンですが、神様が私に与えて下さった遼一という子は、本当はいい子だったんだということがいま、しっかり分かりました。今日の会に出させていただきましたことは、私が天国にまいりましたら、この子の父親に必ず報告したいと考えています。みなさま本日はありがとうございました。心より感謝いたします」

清の挨拶が終わると、会場から湧き上がるような拍手が起こった。その拍手の嵐の中で、清の頬に涙が伝うのを遼一は見た。

「おばあちゃん、よかったよ。とても分かりやすい話だったよ」

清が席に戻ると明子がいった。

時計は三時を回ったところであった。

会場では、何人かの関係者がそれぞれの思いを話し始めていた。清はさまざまな人たちの言葉に耳を傾けていた。

それから、しばらくすると、倉田が遼一のそばにやってきていった。

「会館の係員の人が、タクシーが来ているといっているんだが、どうしようか」

「ありがとう。会が始まる前に頼んでおいたんだよ。おふくろと明子が先に、そっと帰ることになっているんだ。すぐに行くようにいうから」

と遼一はいって、夏海に説明すると夏海が清と明子を伴って、人垣を分けるようにして会場の外にでた。廊下から、エレベーターで一階に降りると、会館の出口の前に一台のタクシーが人待ちして停まっていた。

「お義母さん、ご苦労さまでした。明子が一緒に行きますから。遼一さんと私は会が終了するまでこちらにいますから。では、運転手さんよろしくお願い致します」

夏海がいった。

明子が夏海に、にこやかにいった。

「ママ、大丈夫よ。道のことは私がきちんと運転手さんに説明するから。パパによろしく伝えてね」

その後も会は続けられた。アルコールも入り、くつろいだ雰囲気になってきていた。

遼一の書いた著書には『家族の絆』というタイトルがつけられていた。

解雇されてからの遼一の長年の習慣であったが、毎日の出来事や思いを自分なりにメモのようにノートに書きつけてきたものをもとに綴られたものであった。それを一読すると、いろいろな出来事と共に、その当時の社会的な話題などがよく分かるようになっていたのである。

定年を機に遼一はそれらをまとめて、退職金の一部を使って自費で出版したのである。

父、母、妻、娘、そしてそれに繋がる多くの人たちに支えられて、今日を迎えることが出来たという内容で結ばれていた。

会の最後の遼一の言葉はこの著書に記されたものであった。

会の最後に、遼一は花束の贈呈を受けた。

「この花束は君のものだね」

遼一は側に立っていた夏海にそっと囁いたのである。

会が終了すると倉田がやってきた。

「二次会をする予定だけど、どうする」

と遼一にいった。

「今日は失礼させてもらうよ。そのうちにまた、倉田さんたちとは会えると思っているから。それで、ほんの気持ちなんだけど、皆で一杯やるためのカンパをさせて欲しいんだ」

といって遼一は、背広の内ポケットから封筒に入れたお金を倉田に渡した。

「悪いね。まあ、皆で派手にやらせてもらう資金にさせてもらいましょう」

と倉田は屈託なくいって、その封筒を遼一から受け取った。

それから、後片付けを少し手伝ってから、遼一と夏海は一階へのエレベーターに乗ってクロークでショルダーバッグを受け取り、会館の外に出た。外はまだ、明るかった。

「一駅、歩こうか」

と遼一が提案した。夏海は地味なデザインの薄紫色のスーツの上にベージュのコートをはおっていた。夏海もこのまま電車に乗って真っ直ぐに帰る気分ではなかった。

「一駅とはいわず、二駅でもいいわよ。いろんなことがあったけど、なんとかやってこられたわね。誰かに感謝したい思いよ。もう亡くなってしまったけど、田舎の母が朝早く昇る朝日に向かって手を合わせていたのを見たことがあるの。そんな気持ちかな」

遼一は夏海の話に続けるようにいった。

「あのおふくろの話をきいて、いろいろ考えさせられたよ。若い時は親たちがどう思っているかなんて思ったこともなく、自分のことだけを考えて生きてきたけど、反省することばかりだな。そんなことに気付いた時には、もう親はいなかったり、八十も過ぎてしまっていたりで、遅すぎるよな」

その翌々日の昼食後、遼一は夏海と一緒に清のところに行った。玄関のドアの鍵は開いており、誰か来ているようだった。こうもり傘の柄のような形をした大きな杖があった。下駄箱に立てかけられていた。居間に上がると、内山久子が清と向き合って話していた。

「久子おばさん、ご無沙汰しています。お元気そうで何よりです」

と遼一が挨拶をすると、久子がいった。

「遼ちゃん、お母さんからききましたよ。大したもんですね。退職のお祝いに何十人もの人たちが集まったそうじゃないですか」

「おばさんもよく知っていると思いますが、何か立派なことをしたという訳じゃないんですよ。親不孝ばかりしてきたのに、無事に定年退職できてよかったというだけの会だったんですよ」

遼一の言葉を久子は頷くようにきいた。そこへ清が茶を二人分運んできて、いった。

「遼一、夏海さん、日曜日の日の会ではお世話になりましたね」

「ところで、お義母さんのお話が大評判だったんですよ。参加された人たちが驚いていらっしゃいましたよ」

夏海がいうと、久子がそれに続けるようにいった。

「ここのおばちゃんは、英語を教えるのも大変上手ですからね、教会の婦人会などで話すとみなさん、感心するんですよ。あたしもあんな風に話ができるといいと思うんですがね。なかなかそうはいきませんね。まあ、才能とでもいうしかありませんね」

清が突然話題を変えていった。

「このおばちゃんところのお孫さんたちのことだけど、私がずっと前にいっていたように、東大に入り、大学院も卒業して、一流企業に就職して、二人ともいるんだよ。上のお兄ちゃんが、今度結婚することになってね」

「そりゃ、凄いな。おばさんよかったですね。ぼくもうれしいよ」

「いえね。せっかく、大学院まで出たんだから、大学の先生にでもなってもらいたかったんですよ。あたしはね。だけど息子と嫁さんが一流企業の方が給料が高いからということでそういうことになってしまったんですよ」

久子は本当に残念そうにいった。

内山久子はもうすぐ九十歳になる年齢だったが、耳が少し遠くなったぐらいで、特に病気もしないで元気だった。ただ、以前はしゃきしゃき歩いていたが、少しゆっくり歩くようになっていた。

「ところで、玄関の下駄箱に立てかけてあった杖は、お母さんのものなのかな。あの杖は男物のようだけど」

と遼一がいうと、久子が答えた。

「うちの嫁さんが物置から、おじいさんが使っていたのが出てきたから、私に使えというんですよ。私の身長ぐらいあるんですがね」

「おばちゃんには、私もちょっと大きすぎると思うんだけど、絹子さんは大きい方が目立って忘れないからいいというそうなんだよ」

清がいうと、久子が続けた。

「まあ、杖なんかあたしには必要のないものですからね。どうでもいいんですよ。嫁さんがそれで気が済むんならね」

遼一は夏海の顔を見ると、可笑しさをこらえるような表情をしていた。その意味を夕方、帰りの車の中で、夏海が遼一に語った。

「あのおばさんの背よりも高い、あの形の杖をもって歩いている姿を想像しただけで、魔法使いのおばあさんのような気がして可笑しかったのよ」

午後三時少し前に、家政婦会の中山がやってきた。

「お世話になっています」

と夏海がいうと、中山がいった。

「いいえ、お世話になっているのはこちらの方かもしれません。溝口さんは料理が大変お上手でいろいろ教えていただいているんですよ」

それから、中山は買い物に出かけた。

「いい人に出会えたものだと思っていますよ。本当に気持ちの優しい人でね。日曜以外は毎日来てくれて頼んだことを嫌だといったことがないんですよ。おかげでこうやって一人でもやっていけていますよ」

と清がいった。

「お義母さん、いつかいおうと思っていたんですけど、お義父さんの目のことで、大きな病院を探して検査してもらうという話、覚えていますか。それをしないままになったなと、時々思い出すんですよ」

夏海がいうと、清がいった。

「そういえば、そんなことがあったね。でも、お父さんは天国では目のことで不自由なんかしていないんじゃないかと思っているよ。身体の不自由さは亡くなると、それも消えてしまうみたいだから。不思議なもんだね」

「あたしはこのごろ、ちょっと耳が遠くなってしまったんですがね。補聴器などという便利そうなものを孫がくれたんで、使ってみましたがね。ない方がよほど面倒がないんですよ。歳を取れば、いろいろ不自由なことも出てきますが、あまり大騒ぎしないに限りますね。おじちゃんも、大きな病院なんぞに連れて行かれていたら、痛い目にあっていたかもしれませんから、あのままでよかったんですよ」

遼一は内山久子のいう通りかもしれないと思った。八十歳も過ぎれば、身体のどこにも故障がないということはありえないということは確かだろうと思った。これから、老いていく自分にも、この先、さまざまな身体の故障が出てくるだろうが、そのことに拘りすぎるようなことは避けたいと考えた。

夏海はずっと心に引っ掛かっていたことを話すことができて、ほっとしていた。結局、誰もそんなことは忘れていたのが分かった。

遼一が退職する一年前に夏海は勤めていた職場を辞めていた。

二人とも勤めなくなって、遼一には大した額ではなかったが、年金が支給されるようになった。しかし、まだ、五十代半ばだった夏海には当然、年金は支給されなかったのである。

バブルは弾けるといっていた大野のいう通り、世の中は不景気になり始めていた。二軒の家の住宅ローンが、重くのしかかりつつあった。退職金を取り崩して毎月のローンを支払っていた。金利が下がり、銀行との話し合いで手続きをして、毎月の返済額は多少軽減されていたが、遼一に夏海はこのままではそのうち立ち行かなくなると話すようになっていた。

「そんなこと、辞める前に分かっていたことなのに、いまさらいったって仕方がないじゃないか」

と遼一はいった。

夏海はほんの食費程度でも収入になるならばといい、新聞の折り込みチラシの求人欄に目を通し、履歴書をもって面接に出かけるようになっていた。

夏海は大学卒業と同時に、高校の教員になり、それ以外の仕事をしたことがなかったのである。それも、夏海の意欲を刺激しているようであった。たった一つだけの仕事だけをして、一生を終わるのはつまらないと遼一にいった。それから、彼女の就職活動が始まったのである。

友人の紹介で専門学校の講師を週一回続けながら、その他に、長期療養型病院の受付の仕事についた。時給六百数十円であったが、別に本人は不満ではないようであった。

「そんな安い時給でどうしてやる気になるのか分からない」

という遼一の声には耳を貸さなかった。それが、半年ばかり続いた時に夏海がいった。

「この仕事を辞めることにしたわ。時給の安いのは気にならなかったけど、入院患者のほとんどの人が老人で毎日のように、誰かが亡くなってしまうのよ。その病院の待合室には、診断書の料金表が張られていて、〈死亡診断書〉の料金が一番上に書かれているのよ。何だか、切なくなってしまったの」

それからしばらくすると、個別指導塾の立ち上げの仕事を、やはり折り込みチラシから夏海は探し出した。

「これにしようと思うの。今度は若い人たち対象の仕事だから、亡くなるという心配はないと思うわ」

と遼一にいって、通い始めた。しかし、シフト制になっていて、夕方六時から夜十時までという勤務が週に何日かあった。

「仕事の内容には不満はないんだけど、夫婦でゆっくりと夕食も一緒にできないのでは、まずいと思うのよ」

遼一は夏海から事情をきくと、なるほどと一応は思うのだったが、大体、半年ほどで、仕事をやめていたので、段々と事情をきくのも面倒くさくなっていた。それで遼一がいった。

「ぼくにいちいちきかないで、君の思う通りにやってみればいいよ」

これで、もうこういうむなしいことは辞めるだろうと遼一は考えていたが、その後も夏海は挑戦を続けたのである。

問題集を作成する出版社の仕事や予備校の小論文の添削採点の仕事、中学生の聾児の学習指導の家庭教師……そしてついには、

「出掛けて行くのは疲れるので、自宅でできる仕事を探してみることにするわ」

と遼一にいったのである。

「そんな仕事あるのかな」

という遼一に夏海はいったのである。

「それがね、あったのよ。新聞の折り込みチラシにのっていたんだけど、これはバッチリよ。こんな仕事があったなんて新発見よ」

なんと、夏海は内職のチラシを遼一に見せたのである。

「君ね、内職の仕事はお金にはならないと思うよ。一個、一円とか二円だよ。それをやるというの」

「あら、職業に貴賤はないと思うわよ。一円でも二円でも、量をこなせば収入にはなるんだから、捨てたものではないと思うのよ」

ただ、この仕事には条件があり、車で材料を取りに行って、車で出来上がったものを届けなければならないということであった。自分には車があるから、この条件はクリアできるから大丈夫だと説明した。

遼一は開いた口が塞がらないという思いで夏海の言葉をきいていた。

そして、夏海は言葉の通り、内職を始めたのである。

「このハンカチをきちんと畳んで袋に入れると、一円かな二円かな、ともかく稼げるという訳なの」

「百枚で百円か二百円なんだよ。ガソリン代はいくらかかるか考えているのかな」

夏海はそんなことはどうでもいいことで、要は、何もしないでいることはできないといって、一年以上も内職を続けたのである。

それから、年月が経ち、夏海の年金が出るようになった。それ以後、彼女はそういう仕事をしなくなった。

「嫌だったの。あなたに食べさせてもらっているということにしたくなかったの」

と夏海がいって、退職金、その他の預貯金を全部はたいて、二軒分の住宅ローンを一括返済してしまったのである。二人の年金を合わせて、何とか質素な生活をできるようになったからそうするといったのである。

遼一はいまだかつて知らなかった、夏海の逞しさや、夏海の人生における独特なお金の計算の仕方に驚かされたのだった。

第九章　鎮魂の樹

二十一世紀になれば、少しは落ち着いた世の中になるのではないかと漠然とした期待を多くの人たちが抱いていた年が明けた。

ところが、二〇〇一年の九月十一日、夜十一時半を回ったころ、テレビを観ていた遼一と夏海の目に飛び込んできたのは、朝の通勤時刻のニューヨークのワールドトレードセンタービルに旅客機が突っ込んでいく瞬間の映像であった。二つのタワービルが相前後して崩れ落ちていく場面の映像は、現実の出来事とは思えなかった。

「これはテロだ」

テレビを観ていた遼一がその映像を見た瞬間にいったが、夏海には訳が分からなかった。

世界の経済発展の中心地であったアメリカのニューヨークで、それもそのシンボルであった二つのタワービルが崩壊していく凄まじい映像であった。

「これは、大変なことになるな。世界中の経済は大混乱になるだろうし、威信を傷つけられたアメリカがこれからどんな行動を起こすかと考えると背筋が寒くなるね」

遼一は預言者のような言い方でいった。

「私にはよく分からないんだけど、マスコミで使われ始めている、グローバリゼーションという言葉には、抵抗を感じていたわ。アメリカ基準に他の国々が合わせるべきであるという考え方を、どこか不自然だとは思っていたけど、そのことと、この事態が結びつくとは思えないんだけど」

夏海は自分の考えを冷静に述べた。

翌日から、テレビなどマスコミはこれでもかこれでもかといわんばかりに、アメリカで起こった同時多発テロのニュースを次々と報じていた。

その年の秋ごろから、九十六歳になった内山久子は、自宅の一階の庭に面した六畳の自室のベッドで過ごすことが多くなっていた。

清はゆっくり歩いて、久子の部屋に面した濡れ縁から時々、見舞っているということだった。久子の様子を遼一に電話で時々話すようになっていた。

「おばちゃん、今日はどうですか。いいお天気ですよ。この梅の木は長生きですね。今年も咲いていますよ」

清が久子に話しかけていると、絹子が茶を淹れた茶碗をお盆に載せて清の前に置いて話していた。

「いつもすみませんね。このところ食事が細くなって、眠っていることが多くなりました。おばさんの家に行けなくなってから、急に元気がなくなったように思っています」

絹子は清に優しくいった。

「おばちゃんが家に来てくれなくなって、とても寂しくなりましたよ。早く元気になって、また来て欲しいと願っていますよ」

久子はもうあまりしゃべらなくなっていたが、病気という訳ではなかったという。

「遼一も一度見舞ってあげて欲しいんだが」

と清から電話があった。

「じゃ、今度の日曜日にでも、夏海といくことにするよ」

と遼一は答えた。

そういう電話のやり取りのあった、三日後の夕方、久子は自宅で息を引き取った。長男とその連れ合いの絹子に看取られて、静かにその生涯を終えたのであった。医者がようやく間に合ってよかったと絹子が清に話したのだった。

「おばちゃんらしい死に方だったね。入院もしないで、自宅の庭の梅の花をベッドからじっと眺めて亡くなったんだよ」

清は遼一と夏海に気弱な様子で話した。

「平成が終わるのを見届けてから天国へ行くといっていたよね。お父さんがまだいたころ、平成になった日のテレビを見ながら」

遼一たちが家を出てからも、久子はずっと清のところに通い詰め、考えてみれば、清の生活の伴走者のような存在であった。自慢の孫たちも、立派に世の中に巣立った。そのために自分のもらっていた遺族年金や恩給をほとんどはたいて、満足していた。

久子の葬儀は高齢であったことを考慮して、四人の息子たち家族と清を加えただけで、自宅でしめやかに執り行われた。

遼一と夏海は後日、喪主であった長男と絹子夫婦を訪ねてお悔やみを述べ、久子の遺骨と仏壇の遺影に手を合わせたのであった。

お参りした後、清のところで夏海が途中で買ってきた弁当で三人は昼食をした。

「久子おばさんはクリスチャンじゃなかったんだね。おふくろと教会にたまに一緒に出掛けていたから、てっきり教会の信徒かと思っていたよ」

遼一がいった。

「そうなんだよ。おばちゃんは私に付き合って、教会の礼拝や行事には行っていたけど、おばちゃんの旦那さんが仏教の浄土真宗だったので、心の中はそちらだったんだよ」

と清が説明した。

遼一は宗教にはかかわらなかったが、久子が清と連れ立って教会に出かけて行く姿を何度も見ていたので、久子がクリスチャンだと思い込んでいた。夏海も意外に思ったようだった。

「久子おばさんは神様を信じていたんじゃなかったんですか。お義母さんと一緒に行けるから教会に出掛けていたんですね」

「ちょっとは神様をありがたいものだとは思っていたようだけどね。天国ではなく浄土にいかなければ、自分の親たちにも旦那さんにも会えないと思っていたんじゃないだろうかと、私は思っているよ」

と清はしみじみとした口調でいった。

清は久子がなくなって以来、元気を失くしていた。週に一度ほど、絹子が立ち寄ってくれるようになっていた。

「おばさん、このお饅頭、梅久で今買ってきたのよ。うちのおばあちゃんにもお供えしてきたわ。一緒に食べましょう」

清の入れた茶で、二人は久子の思い出話をしたのである。

「絹子さん、私は寂しくなってしまいましたよ。おばちゃんとは長い長いお付き合いでした。私が三十代のころ、社宅で隣り合わせに住んで以来でしたからね。亡くなったお父さんよりも長い時間を一緒にすごしたんじゃないかと思うんですよ」

絹子は地方の大学の薬学部を出ていた。几帳面で、きれい好きで、きちんと家事をこなし、子どもたちの教育にも熱心だったし、夫にもよく尽くしていたという。子どもたちが巣立ち、時間ができるようになってからは、気持ちに余裕ができ、近所の人たちとも気軽に付き合うようになっていたようだった。

清は絹子に好感をもっていた。嫁姑問題で相当に苦労したにもかかわらず、久子の悪口を外でいうことは滅多になかったのである。

「亡くなる一年前辺りかしら、家のおばあちゃんがね、通帳がなくなったと大騒ぎしたことがあったのよ。それを私にいわないで、主人にそっと話したというの。それで、主人があちこち探し回ったら、出てきたのよ。炬燵の脚の下にピタッと隠れるようにして置いてあって、主人と大笑いしたのよ。孫たちのためにたくさんお金を使ってくれていたので、大した金額が入っていなかったんだけど」

絹子は久子の思い出話として清にいった。

内山久子が亡くなってからは、清は気持ちが沈んでいるようだった。

しかし、その後二年余りは気丈に、庭のちょっとした手入れや色とりどりの季節の花を絶やすことなくプランターに植えていた。

その後時々、遼一に電話を掛けてくるようになっていた。八月の終わりごろ電話があった。

「遼一、何だか身体の具合がよくないんだよ。朝起きると、眩暈がしたり、足元がふらついたりするし、食欲もなくてね。一度病院で検査してもらいたいんだけど、一緒に行ってくれるかね」

と清がいったので遼一は応じた。

「ああ、いいよ。近いうちに午前中早くそちらに夏海と行くから」

電話が切れてから夏海が遼一にいった。

「お義母さん、もう九十歳近かったわよね。どこも悪くないはずはないと思うわ。病院に行って検査して、どこか悪いといわれたら、それだけで落ち込むんじゃないかしら。でも、まあ、本人がいうようにしてあげるのは悪いことではないから、反対ではないけど」

そうこうしているうちに、数日が経ってしまっていた。

「お義母さんのところに一度行かなくてはならないんじゃないのかしら」

夏海が遼一にいった。

九月に入って間もなくの暖かな日、午後三時すぎに、家政婦会の中山から電話が入った。中山が遼一のところに電話をくれたのは初めてのことだった。慌てた様子で中山がいった。

「中山ですが、今こちらに着きましたら、お母さんが倒れていらっしゃったんです。びっくりして、声を掛けましたら、意識ははっきりしていらっしゃるんですが、右足の太ももの辺りが痛くて、動けないとおっしゃるんです。脂汗をながしていらして、相当な激痛のようなんです。すぐにいらしていただけませんでしょうか」

遼一はそばにいた夏海にいった。

「中山さんから、おふくろが右足が痛くて立てなくなっているというんだ。これから一緒に行ってくれるかな」

「大腿骨骨折かもしれないわね。ともかく、すぐに行くしかないわ。中山さんだってどうしようもないと思うわ」

夏海は車を出し、いつものように助手席に遼一が乗った。

遼一は運転はできないが、解雇撤回闘争の最中に必要があって、免許を取っていた。それから数年は運転していたが、夏海が免許を取って運転するようになると、運転を夏海に任せるようになっていた。そのうち、運転ができなくなり、ペーパードライバーになってしまっていたのである。運転してくれると助かるのにという夏海の言葉はきこえないことにしているようだった。

「また、入院ということになるのかね。手術などしたらそれだけで、命にかかわるような事態になってしまうんじゃないかな」

という遼一の言葉に夏海は黙っていた。

十五分足らずで着いた。中山が玄関に飛び出して来て、いった。

「すみませんでした」

「電話ありがとうございました」

夏海はいって、遼一とリビングダイニングキッチンのテーブルのそばで横になっている清に駆け寄った。清の上には薄手の毛布がかけられていた。清は意識ははっきりしていたが、激痛に耐えて顔を歪ませていた。

「お義母さん、もう大丈夫よ。中山さんが連絡してくれて、遼一さんと二人できたから」

夏海の言葉に清は目を潤ませていった。

「夏海さん、面倒かけるね。ちょっとそこの敷居に躓いたら、痛くて痛くて立てなくなってしまったんだよ」

「お母さん、もう話さなくてもいいよ。今、ぼくが救急車を呼んだから、すぐに来てくれるからね。保険証などはそこのバッグに入っているのかな」

清は頷いた。

「中山さん、すみませんが今日も時間通りお願いできますか。病院に連れて行ってから、どちらかが一度戻りますからお願いします」

遼一が中山にいった。

それから、数分後に救急車が到着して、救急隊員が清をタンカに乗せて、救急車に運び込んだ。遼一が清に付き添った。救急隊員に以前に市民病院で手術をしたことを告げると救急隊員は、そちらに連絡をとってくれ、市民病院に運ばれることになった。そして、救急車はけたたましいサイレンを鳴らして走った。

病院の救急搬送専用の入り口で看護師二人が待ち受けていた。救急隊員がストレッチャーに乗せた清を看護師たちが救急診察室に運んだ。外科の医者が待機していた。簡単な問診の後、レントゲン室に運ばれた。

運ばれていく清を見送って診察室の前の廊下のソファに座っている遼一のところへ夏海がやって来ていた。

「駐車場がなかなか見つからなくて、時間かかったんだけど、お義母さんどうしたの」

「今、レントゲン室だよ」

「大腿骨骨折でなければいいんだけど」

といった夏海に遼一は黙っていた。

遼一は清のどこがどうなっていたっておかしくない年齢だと思っていた。英語の塾も三年前にやめていた。近くの駅前の周辺にいくつもの塾が開設され、駅舎の中にも宣伝のポスターが競うように張り出されていた。

清の英語塾は自然消滅のような形で生徒が来なくなってしまっていたのである。

看護師の押すストレッチャーに乗せられた清が、遼一たちの前を通り過ぎた。

その後、しばらく、そのまま待たされた。

「よほど悪い結果だったのかな」

と遼一がぽつりといった。

その時、看護師がドアを開けて家族を呼んだ。二人は看護師に挨拶して診察室に入った。

医者は白衣を着ていなかった。大柄で三十代半ばだと遼一は思った。外科医としての気迫が感じられた。シャウカステンにはすでに二枚のレントゲン写真がはめ込まれていた。

「まず、結論から申し上げます。右大腿骨を骨折されています。この二枚の写真のこちらが右です。隣の左の写真と比べていただければ分かりますが。手術して骨折部を止める金具を入れて繋ぐことになります。患者さんご本人の苦痛をできるだけ早くなくすために、手術は早くしなければなりませんので、明日午前九時に手術します」

医者は説明した後、看護師にすぐに病室を確保するように指示した。

「高齢ですので、手術に耐えられるかどうか心配なんですが」

と遼一はいった。

「大腿骨骨折は大体が高齢者に多いんです。骨粗鬆症などがあると、手術後再度骨折する場合がありますが、もちろんこの後、その検査もします。入院は大体二カ月と考えておいて下さい」

医者は説明した。

その時、看護師が入ってきて、小声で医者に話していた。

「幸い、今日退院されたベッドが空いていますのでそちらに入院していただきます。三〇五号室になります。看護師がご案内しますので、廊下でお待ちいただけますか」

と医者がいったので、二人は廊下に出た。二人の前をストレッチャーに乗せられた清が通り過ぎた。

「何か起こるのではないかと思っていたの。久子おばさんが亡くなってから、ずいぶん気落ちしていて、元気がなくなっていたから」

と夏海がいうと、遼一が続けた。

「大きな家で一人でいるのは寂しいだろうと思うし、このごろの世の中の空気というか、バブル全盛期にはなかった険しい社会の雰囲気も高齢のおふくろにはこたえていたのかもしれないと思うね」

平成元年の四月から導入された三パーセントの消費税がその後十年も経たないうちに五パーセントに引き上げられていた。株価や路線地価も明らかに下落していることがマスコミで報道されていたのである。

翌日、朝八時に病院の清の部屋を二人は訪れた。点滴のおかげで前日よりは痛みが和らいでいるようだった。遼一が声を掛けた。

「お母さん、お姉ちゃんと治に電話しておいたし、手術も心配ないと先生がいっていたよ」

「悪いね。入院も二カ月ぐらいにはなると看護婦さんからきいたよ。迷惑かけることになるね」

と清が夏海の顔を見ていった。

「お義母さん、そんなこと心配しないでいいのよ。遼一さんも私も前みたいに毎日仕事に出かけている訳ではないから、この病院は近いし、毎日顔を出すことにするから」

清の住んでいる家の管理のこともあり、中山には週二回掃除を昨日頼んであった。そのために夏海はそちらへも出かけなければならなかった。

手術の翌日、澄子が病院に来た。そして、その次の日に治夫婦が子どもたちを連れてやってきた。二人ともすでに大学生になっていた。背が高くて頼もしく見える兄と目鼻立ちの整った美しい妹、二人のきょうだいを見て清はうれしそうにいった。

「遠いのに見舞いに来てくれて、本当にありがとう。もう、あんたたちのために、おばあちゃんは何もしてあげられなくなってしまったね。二人の顔を見て、元気になったよ」

清の手術が無事に終わり、まもなくリハビリが始められていた。生来、与えられた課題や目的に対しては、精一杯の努力をするという性格が効を奏して、少しずつ右足の機能は回復の兆しをみせていた。

清の病院にはできるだけ二人で出かけ、洗濯物を持ち帰ったり、必要なものを買ってもっていったりしていた。清はリハビリに専念していた。その回復力に医者が驚いていた。

「この分ですと、また、歩くことができるようになりますよ。高齢なので、難しいかなと、当初考えていましたが驚いています」

遼一は内心、ほっとしていた。歩けなくなったらどうしたらいいのか、見当もつかないでいたのである。歩くことが出来さえすればこれまでの生活が継続できると思った。

澄子がたまに見舞いに来たが、二時間もすると帰っていった。治も仕事の帰りにたまに遅く清を見舞うことがあった。二人とも、清のことは長男の遼一が責任をもつべきことであり、自分たちの生活とはかかわりないものと割り切っているようであった。その上、世の中の経済が悪化の一途をたどり始めていたから、自分の家族の生活を守ることで精一杯なのだろうと遼一は思っていた。

入院して一カ月ほど経って、清は二泊の外泊が認められた。午後、夏海の車に遼一と一緒に乗って久しぶりに自宅に戻った。家政婦会の中山が出迎えてくれた。

「中山さんありがとう。やはり自分の家が一番だね。病院は四人部屋だったし、庭もなかったから、空気が違うね」

庭には金木犀の黄色い花が芳香を放っていた。中山に頼んで、庭の草なども取ってもらってあった。家の中も丁寧に掃除が行き届いていた。

「お布団干しておきました。夕飯の準備も一応してあります。私は今日はこれで帰りますが、明日また来ます」

というとエプロンをはずして、自分の手提げ袋に入れ、自転車に乗って帰っていった。

「お母さん、今日はぼくが泊まることにするから」

と遼一がいった。それに夏海が付け加えた。

「明子が明日夕方来るといっていたから、明日は明子が泊まると思うわ」

「そう、ありがたいね。明ちゃんは本当に優しい子だね」

「お母さん、明子はもう、三十代半ばになっているんですよ。子どもではないんですよ。早く結婚してくれるといいんですけど」

と夏海がいうと、清が明子を庇うように話した。

「いいじゃないの。明ちゃんには明ちゃんの生き方があるんですよ。あの人は幸せになりますよ。私はそのことをいつも神様にお祈りしているんですもの」

清の言葉をきいて、夏海は慰められる思いがした。人はそれぞれの生き方でやっていっていいんだということを、清は遼一の生き方と重ね合わせていっているような気がしたのである。夏海自身だって、子どもがいるのに離婚して、その時、両親は一言の愚痴もいわなかったのであった。

その当時の社会常識では、離婚、特に子どものいる女性の離婚には否定的な風潮であったにもかかわらず、夏海を受け入れたのである。

「おまえを信じているから、心配はしていない。ただ、親でできることがあればいつでも力になるからいってくれ」

父がその当時いった言葉が思い出された。遼一と再婚すると報告した時も反対することはなかった。

「仕事は辞めないようにと、お父さんがいっていたと伝えておくように」

と母が夏海にいったのである。

二泊三日の外泊は、清に自信をつけるものになったようだった。杖を使いながら歩けるようになっていた。一カ月後には、退院して、また元の生活に戻れると実感したようだった。

「あんたたちが近くにいてくれてよかったよ。澄子や治は遠くだから、すぐに来てもらうこともできないからね」

「偶然に近くにいるんじゃないよ。近くにいなければと思ってそうしたんだよ」

と遼一がいった。

清が退院してからはまた、市の福祉課から掃除のためのヘルパーが週二回派遣されるようになり、家政婦会の中山が買い物と食事の支度のため、三時過ぎから二時間余り来てくれていた。清は杖を使って歩けるようになっていた。

しかし、その後しばらくして、体調を崩した時、担当の民生委員の配慮で、すぐ近くの老人ホームに一カ月ほどショートステイをした。その折に前年の二〇〇〇年度から導入された、介護保険制度に基づく、介護認定を受け、要介護2と判定されていた。

また、自宅に戻ってからは、介護保険に基づいたヘルパー二人が、老人施設から週二回訪れていた。しばらくは落ち着いて見えていたが、だんだんと老化が進んでいた。

明け方、遼一のところに電話が掛かることが珍しく無くなっていた。

「心臓が苦しくて、死にそうなんだよ。すぐに来てくれるかね」

最初のうちは、遼一も大変心配して、電話のたびに夏海と車で出掛けていたが、結局なんでもなく、しばらくすると、けろっとしていた。そんなことが、半年以上もの間繰り返された。そのうちには、電話があっても、すぐには出かけなくなっていた。そうすると、清は澄子や治に電話をするようになっていた。

「私が苦しいのに、電話しても来てくれないんだよ。すぐ近くにいるのに、親不孝にもほどがある。遼一に話して欲しい」

という内容の電話を掛けるようになったのである。

「お母さんは高齢で夜中に苦しいといっているんだから、近いところにいるんだし、ちょっとぐらい、行ってやったらどうなのかしら」

と澄子が遼一にいってきた。

穏やかに話そうと思いながら、遼一自身が追い詰められた気持ちで過ごしていたために感情的な対応をしてしまっていた。

「お姉ちゃんが泊まりに行ってやったらいいんじゃないの。お母さんはそれを一番のぞんでいると思うよ。ぼくたちなりの経験から、緊急性があるかどうかを判断して対応しているんだからね。それにお母さんはぼくだけの母親じゃないよ。ましてや夏海はいつも黙ってやってくれているけど、自分の親ではないんだよ。よく考えてからものをいってよ」

遼一は喧嘩腰で澄子にいってからは、澄子からは音沙汰がなくなっていた。治からは澄子から、何らかの愚痴が入っていたらしいが、何も連絡はなかった。

「もう、おふくろは一人で生活するのが難しくなっているんじゃないかと思うんだ。どこか、それなりのところを探す時期じゃないかな」

遼一が夏海にいったのは、それから一年余りたったころだった。遼一は清が足が多少、不自由なだけではなく、話すことが辻褄があわなくなっていることを深刻に受け止めていた。被害妄想の言動が現れ始めていた。

ヘルパーの一人が、自分の大事なものを盗っていってしまうと遼一に訴えていた。

遼一たちのすぐ近くに、洒落た外観の老人保健施設の建物があった。そこは、医者が経営していて、それほど費用も高くなく、評判もいいと夏海はきいていた。

「逍遊園、といったかしら、あそこはここから近いし、とても面倒見がよいと評判だから、一度お母さんに話してみたらどうかしらね」

その前に二人でその園に出かけて、様子を見てみようということになった。六階建ての建物は中庭式に造られていた。明るく広々とした廊下があり、医者も常駐で、看護師の配置もされていた。リハビリのための階があり、そのためのさまざまな器具が備えつけられていた。理学療法士が数人いて、週二回の割で、リハビリ訓練をするということだった。

ただ、それだけの施設なので空きがあるかどうかということが問題だった。

遼一と夏海は、その施設の責任者に会って、事情を話した。

「老人保健施設は、老人ホームとはちがいますので、長期の滞在はできません。出てもいくところがない人が、行き先を探すまで、ということで、一年近く滞在という例もたまにはありますが、三カ月ごとにこちらで判断させていただく、短期利用が原則になっています」

とその施設の責任者が説明してくれた。

「ところで、母の場合は入れる条件にあっているんでしょうか」

遼一の問いに担当者が応えた。

「条件はあると思います。骨折された経緯もありますし、お一人暮らしですし、年齢的にも問題はないと思います。今、すぐという訳にはいきませんが、申し込まれておけば、ベッドが空き次第御連絡させていただきます」

担当の責任者はとても親切に対応してくれた。

その翌日、遼一と夏海は昼前に清を訪ねた。清は庭の濡れ縁に座って庭を眺めていた。門扉を開けて、清のそばに立って遼一がいった。

「お母さん、元気そうだね。今年ももうすぐおしまいだね。寒いから家に入ろうよ」

「そうだね。夏海さんも中に入ってね」

「お義母さん、途中でお赤飯のお弁当を買ってきましたから」

と夏海がいうと、清が嬉しそうにいった。

「お赤飯は大好きだよ。昔はおめでたい時にしか食べられなかったもんだよ」

夏海が急須に茶を入れ、ポットの湯を注ぎ、三人分の茶碗に茶を淹れた。

「こうやって、誰かと一緒に食べると美味しいね。一人で食べるのは美味しくないし、つまらないもんだよ」

遼一は清を珍しく可哀想に思った。そして、どうしてこうなったのか反芻していた。

「今日はねちょっと話したいことがあってきたんだよ」

と遼一が切り出した。

「ぼくたちの家のすぐ近くに逍遊園という老人保健施設があるんだ」

といい、その内容を説明した。まだできてそれほど経っていないが、そこはリハビリの施設もあって、医者や看護師もいる施設であることを述べた。また、昨日、夏海と見学して、担当の人から話もきいてきたとも報告した。

「今度、お母さんと一緒に見学に行きたいと思うんだけど、どうかな」

「そんないいところがあんたたちの家のすぐそばにできたのかね。いいよ。見学にいくよ」

と清はあっさりと応じた。

遼一は、清がどこへでも誘われると気軽に出かける性格の持ち主であることもよく知っていた。積極的で好奇心が大変旺盛であった。家の中はきちんと整理され、掃除も行き届いていた。

その日、午後遅く、逍遊園の先日の担当者に電話で事情を話した。

「ご本人が出かけてくださるのが一番いいと思います。こちらの方でも、状態を拝見させていただけますので、ご都合のよろしいときで結構ですから、お待ちしています」

という返答があった。

年が明けないうちの方がよいだろうということで、数日後、清を伴って三人で逍遊園に出かけた。

「あんたたちの家のすぐそばじゃないか。園内もとても広々としていて、リハビリのための部屋もあって、私にはぴったりなような気がするよ。だけど、空きはないんじゃないだろうかね」

と清はいったので、遼一が応えた。

「そうなんだよ。なかなか入るのは難しいということだけど、申し込みをしておくと、空きが出たときに連絡してもらえるそうなんだ」

遼一の言葉を清は頷いていてきいていた。

正月元旦は毎年、清のところで明子も含めて四人でお節料理を囲んでいた。十二月の末に、夏海が必要な買い物をして、清の指示に従って、焼き豚や煮物、栗きんとん、酢の物等、正月料理の準備をするのが習慣になっていた。お雑煮は夏海のやり方で出汁をとっていた。

清は作った料理を三段重に彩りよく丁寧に並べたのである。大晦日の夜に日本酒に屠蘇散を漬け込み、御屠蘇の準備もした。正月専用の杯を取り出してきれいに整えた。

翌朝の元日には、それらのものがテーブルに並べられ、家族全員で杯で一年の平穏を願って乾杯をし、お雑煮と料理を食することになっていた。

世界中でさまざまなことが起こっていたが、この年も例年のように、正月を迎えることができたのである。

「こういうお正月ができてきたのは、おばあちゃんのおかげだね。私もちゃんと料理の仕方を教えてもらわないといと思っているの」

三十代半ばを過ぎた明子がしみじみとした口調でいった。

「明ちゃんは仕事をしているから、忙しくて大変だろうから、一つか二つずつ覚えていけばいいと思うよ」

と清がいった。こういう時の清はしっかりしていた。テレビが正月番組を流していた。

遼一は平成になった年のことを思い出していた。あの時は父の慎治も内山久子もここでテレビを見ていたと思った。あれから十七年も経って、二人とも亡くなってしまって、清も九十歳を超えて、一人暮らしが難しくなっていることを思うと胸が痛んだ。

「私、今日ここに泊まっていくわ。おばあちゃんと下の部屋で一緒に寝たいの」

「明ちゃんと布団を並べて寝れるなんて、幸せだよ。明ちゃんはいつまでも優しいね」

と清はいった。

明子は清が近いうちに、老人保健施設に入所するかもしれないということを遼一からきいていた。

その年の二月の終わりごろ、逍遊園の担当者から遼一の家に電話が入った。

「一人退所されることになりましたので、ご希望されるのでしたら、明日の午前中に手続きに来ていただきたいのですが、三月からの入所ということになります」

遼一は応諾の返事をし、夏海と共に清のところを訪れた。

「そういうことなんだけど、いいかな、お母さん」

遼一がいうと、清は答えた。

「いいよ。あんたたちの家の近くに行けるのは安心だよ。あの施設はお医者さんもいるというし、病院に入院するようなもんだね」

とたんたんと夏海に向かっていった。

「いろいろお世話になるけど頼みます」

予定通り、三月から清は逍遊園に入所した。四人部屋だったが、かなり広いスペースがあり、備え付けの個人用の箪笥があった。

看護師が二人、フロアのカウンターの中に常駐しており、介護員も数人配置されていた。昼食は広いラウンジにあるいくつかのテーブルに分かれて座席が決められていた。食事の内容も吟味されており、おやつもその施設の手作りのものが毎日工夫して出されていた。週二回のリハビリもきちんと理学療法士が付き添ってなされていた。

「ここはいいところだね。同じテーブルの人と仲良くなったよ。夜も一人ではないので安心して眠れるしね」

と遼一に話した。しかし、清の老化は日ごとに進んでいったのである。

「遼一、ここだけの話だがね。困っているんだよ。どうしたらいいんだろうね」

と清が訪れた遼一と夏海を廊下に呼び出していった。

「お母さん、何かあったの。ぼくたちでできることなら相談にのるよ」

「それがね、隣のベッドのおばあさんがね、ゴキブリを何匹も飼っていてね。それを夜中に私のベッドのそばで放すんだよ。気持ち悪くてね。何とかして欲しいんだよ」

清は真面目な表情で遼一に訴えたのである。

「そんなことがあったの。お義母さんも大変な災難ね。何とか対策を考えるからしばらく我慢していてくれるかな」

という夏海の顔を遼一はまじまじと見た。それから二人は帰るために園の外に出た。

「夏海、おふくろのいったこと、変だと分かっているんだよね」

「そうよ。でも、お義母さんを説得することはできないと思っているの。お義母さんの頭の中では、そういうことになってしまっているんだから。園と相談して、部屋を変えてもらうしかないと思っているのよ」

遼一は夏海のいうことをききながら、納得できないままだった。

その後も行くたびに清はそのことを繰り返した。ティッシュの切れ端を見せながら、ここに証拠があるともいったのである。

遼一は事情を話さないで、部屋を変えてもらうことができないかどうか、園の担当者にいった。

「二人部屋なら、今ベッドが一つ空いていますが、後はすぐには難しいんですが」

と担当者が対応してくれた。

その翌日から、清は二人部屋に移った。費用は嵩んだが、仕方がなかった。相部屋になったのは歯科医をしていたという品のよい老女であった。清は満足していた。

「本当にほっとしたよ。毎晩毎晩気持ちがわるくてね。大変だったよ」

遼一は訳が分からなかったが、夏海は実家の母親の認知症を経験していたのである。清の老人保健施設、逍遊園は老人ホームではなかったので、終身で滞在することはできない施設であった。

清を最初に担当していた民生委員から遼一に、会いたいという連絡があった。すでに民生委員を辞めていたが、清のことを心配して時々見舞いに来てくれていた。

「以前、清さんがショートステイをしたことのある、草笛乃苑が個室で十床増設するときさましたので、申し込みをされたらいかがでしょう。ショートステイした時に、入所希望ありで登録してあります」

という情報を伝えてくれたのである。

遼一と夏海は早速、草笛乃苑に出かけて入所できるかどうかについて相談した。自宅に介護ヘルパーを派遣してもらっていたこともあり、清の住む家と同じ町名の場所にあった。

話し合いの結果、検討してもらえることになった。

そして、その年の十一月にそちらへ移れることになったのである。

「お母さん、ここはずっといられない施設なんだよ。それで、今度、前にお母さんがショートステイしたことがある老人ホームで個室ができたので、そちらへ移るけどいいかな」

という遼一に、清が応えた。

「あそこは、私の家のすぐそばで、前にもお世話になって知り合いのヘルパーさんもいるから、いいよ」

清は草笛乃苑の個室に移った。ベランダに面した部屋からは雑木林が見え、気持ちのよい空気で満たされていた。ここで清の改めての施設暮らしが始まったのである。

入所当時は杖をついて歩けたが、日が経つうちに車椅子を使うようになり、また、認知症の症状が急速に進み、介護度が４になっていた。

入居して二年半後の二〇〇九年四月はじめに、何の前兆もなく永眠したのである。享年九十四歳であった。

苑から朝、九時過ぎに体調が不良であるという連絡で駆けつけた時にはすでに絶命していた。多分、大腸に癌があって、患部から突然の大量出血で貧血を起こし、そのショックが原因だろうと立ち会った医者が遼一に説明した。解剖をすれば死因がはっきりするということであったが、遼一は断った。父も大腸癌であったことを遼一は思い出していた。

病室に当日出勤していたヘルパーたちが、次々と清の部屋を訪れ、手を合わせて清の死を悼んでくれた。

それから、苑の紹介してくれた葬儀社の営業担当者が訪れ、遼一と夏海相手に葬儀についての打ち合わせがされたのである。

午後、清の遺体は葬儀社の車で清の住んでいた家に移された。夏海から連絡を受けた中山がかいがいしく立ち働いてくれた。

澄子や治には連絡する間もなかった。

牧師の立ち会いの下、翌日の夕方が前夜式で、翌日告別式が行われ、その午後火葬式が斎場で行われたのである。遼一と姉、弟の家族を中心に身近な親類の参加のみで行われたのであった。静かな葬送の儀式が終わった。

遼一がお骨を抱えて、夏海と明子と共に清の住んでいた家に戻った。

その家に明かりが灯されてから、二十二年後のことであった。遼一は自分たちが引っ越した日の父のうれしそうな表情と〈やあ、ごくろうさん〉という言葉を思い出していた。夏海は一階と二階で清と高校生だった明子がデンワでたのしそうにやりとりしていた日のことが、脳裏に甦っていた。

それから、遼一は納骨式までのさまざまな手続きをノートに整理して書き付けていた。墓石に刻まなければならない清の名前の確認をしたり、墓の手入れや、その他しなければならないいろいろな手続きを夏海に相談していた。

父の慎治が亡くなったころとは世の中は様変わりしていた。バブル経済は無残に破綻し、土地も株価も全て大暴落してしまった。それだけではなく、仕事に就けない若者たちやリストラで職を失いホームレスになるような境遇に陥った多くの人たちがいた。前年のアメリカ発の大不況が世界中に飛び火し、特にこの国には顕著な影響が及んでいたのである。

六十坪で六〇〇〇万円と澄子がいっていた親の土地は、取引価格でその四分の一以下になってしまっていたのである。

納骨式は五月の末の土曜日に行われた。

周二と慎治の骨壺の隣りに清の骨壺が墓の下のカロウトに並べて置かれたのである。

その後、懐石料理の店で参加者全員で清を偲んで会食をした。そして、それからきょうだい夫婦六人が清の住んでいた家に戻った。

夏海が全員分の茶を淹れた茶碗をそれぞれの前のテーブルの上に置いた。

遼一が清の預貯金証書類やその他の書類を出してきた。そしていった。

「どういう風にすればいいのかな」

「この家は遼ちゃんのものだから土地もそちらのものにしたらどうかしら。私と治さんは残った預貯金を等分に分けるということで」

と澄子がいうと、治も頷いた。

「じゃ、そういうことで。ただ、遺産分割協議書の作成はやってもらっていいかな」

と遼一はあっさりといった。

「パパにお願いしていいかしら」

と澄子は夫の顔を見ていった。税理の仕事をしている夫は黙って頷いた。

遼一は、いまさら土地や家は厄介なものでしかなかったが、何かいうと面倒なことになると思ったので、トラブルを避けるために澄子の提案を受け入れたのである。

バブルが弾けて、土地の価格が暴落していたことは、この場合の遼一にとっては揉めないという意味で幸いなことだった。

それから一カ月ほど経ったころ、遼一は不動産業の大野を訪れて、土地や家のことを相談した。大野は健在だった。

「貸したらいいですよ。今はというか、これからは売れませんね」

と大野はいった。たとえ売ったとしても、住んでいなかった家には、譲渡所得に税金がかかり、住民税も取られるし、貸しても大した家賃にはならないと思うが、借り手を見つけることができれば、運がいいということになるというのだった。都会の一等地ならともかく、あの辺りでは老人が亡くなって、借り手もなく、朽ちていっている家がごまんとあるとも話したのである。

「借り手を見つけるためにすぐに手を打ってみましょう」

と大野は遼一にいった。

結局一カ月後、大野は借り手を見つけてくれた。遼一は大野に管理費等を差し引いてもらい、遼一の通帳には月々五万円余が振り込まれることになった。住宅ローン返済の支払いをずっとしてきた分は遼一の残りの人生では結局のところ、とり戻せないままになってしまうということであった。

それからしばらくして、清の入所していた草笛乃苑に用事があって出かけてから近くで夏海と夕食をして、暗くなってから、貸してある家の前を通りかかった。

その家に再び明るい灯がともっていたのである。

「よかったわ。あの家に誰かが住んでいてくれてほんとうにほっとしたわ」

と夏海が遼一に向かっていった。

いろんなことが続いて起こって、夏海が落ち着いて我に返った時、あの猫のことを思い出したのであった。

「あなた、あのヨレはどうしたのかしらね。段ボールには全然入った形跡がないのよ。その傍に置いておいた猫砂のトイレも使用したあとが全くないのよ」

夏海がいった。

「そういえば、あの猫がいつも座り続けていた古い塀のあった家が跡形もなくなって、更地になっていたよ」

遼一が思い出したようにいった。

夏海はあの猫を飼いたいといっていたが、遼一は難しいと思っていた。元の飼い主の家にあんなに通い詰めていた成猫になった猫が、他の人に簡単に懐かないのではないかと思っていた。

次の日もその次の日もヨレと名づけた猫はやって来なかった。夏海はよほど未練があったのか、時々、一枚の写真もなかった猫を捜すために近くの路地を歩き回っていた。

「今日も見つからなかったの。明日また、捜しにいってみるわ」

と悄然とした表情で遼一に話した。

ヨレは姿を消してしまったのである。

六月になって、夏海が猫のことをいわなくなったころ、遼一は夏海に相談した。

「父も母も亡くなってしまって、あの家も他人に貸してしまってあるし、二人の写真はかざってあるが、仏教のように先代からの仏壇がある訳でもないし、何かしらそれを見ると、親たちを思い出せるような記念になるものをと考えているんだが、何かいい考えはないだろうか」

するとと夏海がいった。

「ねえ、私もちょっとそんなことを考えていたの。私たちの家の庭はとても狭いけど、この真ん中に白樺の樹を植えたらどうかしら。お義父さんとお義母さんの生活は北海道からはじまって、各地を転々としたということだったわよね」

遼一は母の清から、北海道の釧路の社宅近くの白樺の林の話をきいたことがあった。

二十歳になったばかりの清が、昼間一人で寂しく白樺林を眺めて過ごしたのだろうと想像した。春、夏、秋、冬と白樺は葉の色を鮮やかに変化させながら、一年を終え、また、次の春に新芽を出す。その林の中を会社から父の慎治が黙々と歩いて清の待つ家に戻ったのだろうとも想像した。

遼一は自分の出生地を書く時には北海道と書いた。それを釧路湿原のイメージと白樺の樹を思い浮かべながら書いていたのである。

「そうだね。考えもつかなかったけど、とてもいいアイデアだと思うよ」

と遼一はいった。

「植木屋さんに相談してみたらどうかしら。どうしたら白樺の樹が手に入るのか。それから植え方についても教えてもらわないと、素人の私たちだけでは無理よね」

夏海はもう、そうすることに決めたようにいった。遼一も夏海と同じようにその気になっていたのである。

翌々日、遼一は四十年以上もの付き合いのある植木屋に電話をした。高齢の先代が引退して、次の代は娘の婿が引き継いでいた。

「今日、夕方でいいんですが、ちょっとこちらに寄ってもらえないでしょうか」

遼一がいうと、二代目がこたえた。

「三時ごろ行きますが、いいでしょうか」

三時過ぎに、四十代半ばの背の高い植木屋の二代目がやってきた。

「もうしばらくしたら、庭木の剪定でこの辺りを回るつもりでいましたが、どうかしましたか」

ときいた。

「この庭のこの辺に白樺の樹を植えようと考えているんですが、どうでしょうか」

遼一が提案すると、二代目が頷いた。

「ああ、いいですね。二メートルちょっとの小さな若木を植えておくとそのうち、大木になって、楽しめますよ。探してみましょう」

こともなげにいった。

終章

六月半ばの午前中早くに植木屋の二代目が軽トラックでやってきた。

「この間話のあった白樺の若木をもって来ましたので、これから植えていきますが、任せてもらえますか」

二代目は遼一にいった。

「すみませんね。よろしくお願いします」

といった遼一の後には夏海がいた。

二代目は二十歳ぐらいのほっそりと背の高い息子と二人で仕事を始めた。庭の南側の裏の隣家との高いブロック塀を見、また、西側と東側の日差しの入り方を見ていた。若木が生育するために適した位置を確認しているようだった。

「この辺でどうでしょう」

東からの日当たりと日中の南からの日照の具合を考えて、塀から家側に少し寄った位置だった。

「そこは居間からもよく見えますので、いいと思います」

と夏海が遼一の顔を見てからいった。

二代目が決めた位置の土を息子が深く掘り始めた。そして、その中に土袋に入れて持ってきた別な土をふた袋分ほど入れ、その上に二メートルほどの若木を立てかけた。その根の上にまた、袋の土を被せて水をしばらく吸わせ、その上に掘り起こした土を盛った。それから、少し高くなった若木の前面を囲むように小振りだが、格好のよい石を三個配置したのである。

以前に東寄りに植えた山茶花から二メートルほど、西側に寄った位置であった。

「これで大丈夫でしょう。大木になるにはそれなりの年月がかかりますが、枯れるようなことはないですよ。そのうちまた、見に来てみますから」

遼一は殺風景だった庭に奥行きが感じられるようになったと思った。庭の中央付近には、三つの大きなプランターがあり、夏海が買ってきて植えた何種類かの花が賑やかな色合いで咲いていた。

十時少し回ったころ、夏海が茶と煎餅をお盆に載せて、濡れ縁に置いていった。

「どうぞ一休みして下さい」

二代目と息子は茶盆を挟んで、庭の方を向いて座った。

「このごろ、どうですか」

遼一が二代目に声を掛けた。

「大変な時代になったもんです。お宅の実家を建てたころは、私どもの仕事はかなり忙しくてね、人も二、三人雇っていましたがね」

二代目は口数の少ない人だったが、珍しくよくしゃべった。

「もう、家を建てても、庭を造ろうという考えは無くなって、二台以上もの駐車場にしてしまってますよ」

遼一と夏海は二代目の話をききながら、意外な言葉に驚いていた。

二代目は話を続けた。

「それに、庭の手入れを頼んでくれていた家の人たちが高齢化して、入院したり、施設にはいったりして、庭の手入れどころではなくなってしまい、亡くなってしまうことも多いですからね。そのうち家を壊して、更地で買い手もつかないままで放置されている家が何軒もありますよ」

「職人さんは定年もないし、食いはぐれもないからいいなと思っていましたが、そうでもなくなっているんですね」

と遼一がいった。

茶を飲み終わってから、最終的な確認作業を済ませた。

「また、近くに来た時に樹の様子を見にきますから」

といって二代目と息子は軽トラックで帰っていった。

遼一は散歩で商店街がシャッター通りになっていることを憂えていたが、商店街だけではなく、伝統的な職人の仕事までが深刻な打撃を受けてしまっていることを思い知らされたのである。

「費用はどうなるのかな」

遼一が夏海に尋ねた。

「後で、詳細を書いた請求書がポストに入れてあると思うわ。前からそうだったから、こちらが考えている額よりもいつも安いのよ。だから心配ないわ」

今時、見積りもとらないで、仕事を頼める職人がいることが、何とも心温まることであると遼一は思った。

その後、その細いが確かに幹の、白い若木をしみじみとした思いで遼一は眺めた。七十歳を超えた自分自身が生きている間に、どのくらいの大きさになるのだろうかと考えていた。

「よかったじゃない。これで、お義父さん、お義母さんの思い出の樹がこの庭で毎年少しずつ成長していくんだから」

「親不幸ばかりして、長い年月、両親に辛い思いをさせてきた、そのお詫びのためのせめてもの鎮魂の樹ということになるのかな」

遼一が応えた。

その後、遼一は朝起きると庭に出て、そのか細いがびしっと引き締まった白い幹を眺めるのを楽しみにするようになっていた。

その週の晴れた日曜日に、久しぶりに明子が訪れた。目ざとくガラス戸越しに庭を見て白樺の若木を見てきいた。

「あら、庭に樹を植えたのね。あれは何という樹なの」

「幹をよく見たら分かると思うんだけど、白いだろう。白樺の樹なんだよ。つい最近、植木屋さんに頼んで植えてもらったんだ。おじいちゃん、おばあちゃんのことを忘れないためにね」

遼一が説明すると明子がいった。

「おじいちゃんとおばあちゃんの樹なのね」

遼一は退職して数年経ってから、近くの公民館に、〈漱石の三部作講読会〉という張り紙をしてもらった。何人かからの問い合わせがあり、会館の部屋を借りて、一カ月に二度、数人が、向き合って講読するというものであった。その近辺の地域の退職後の男性が二人と五十代、六十代の女性が四人の六人から始まったが、日によっては五人とか四人になったりもしていた。講読の資料は遼一が準備し、その作品の書かれた当時の作者の状況や時代背景を調べたノートを作っていた。どのメンバーも何かの必要に迫られていた訳ではなかったので、気楽でゆったりとした集まりになっていた。

その会は数カ月続いていたが、遼一は物足りなさを感じていた。一方では、母の清に関するさまざまな事態に対処しなければならない事情もあり、それ以上のことはできないまま、散歩を日課にしてすごしていたのである。

当時、夏海はいろいろな仕事を探しては、次々と、目まぐるしく動き回る生活をしていたりして、二人で落ち着いて話し合うことはあまりなくなっていた。

そんな年月が数年経過した四月に母の清が亡くなってしまったのであった。

清が二年数カ月入居していたのは草笛乃苑という老人ホームだった。その施設がどのような経過でできたのか、遼一は全く知らなかった。清が亡くなった後、八月の初めに苑の慰霊祭の案内状が届いた。

遼一は夏海と二人でその慰霊祭に参加することにした。その前年の九月から一年間に亡くなった入居者たちを家族や苑の職員たちで慰霊するものであった。

その年は十六人の写真が一段と高くなった祭壇に並べられていた。一人一人の生前の様子と人柄の特徴について、司会の職員がメモを見ながら語ったのであった。

家族が参加していない故人も一、二あったが、ほとんどは何らかの身内が参加していた。

遼一と夏海は二人揃って、並べられている写真の前で手を合わせ深々とお辞儀をしてお参りした。

慰霊の儀式の後に、参加した家族に一冊ずつ、書物が配られたのである。

その書物の表紙には、草笛乃苑の十五年を振り返ってという素朴なタイトルがつけられていた。

この老人ホームが十五年前に建てられたということを遼一は知っていた。しかし、清がこの老人ホームに入所できてからも、ホームがどのような経緯で作られたかということを考えたことはなかった。ただ、この老人ホームで母の清に安寧な日々を過ごして欲しいとだけ願ってきた。二月に一度の割で開かれていた、家族会には毎回参加して、ホームの現状や抱えている困難な課題に対しては耳を傾けていたが、それ以上のかかわりはなかった。

夏海は清が亡くなって、施設に通うこともなくなり、何だか気が抜けたような日々を過ごしていた。清の最晩年のことを時々思い出していた。

「お義母さんは、本当に料理が得意だったし英語も本格的な発音で喋れてすごいわね。これからは小学生に英会話を教えるようになったのよ」

と夏海が話しかけるとうれしそうだった。

「こんな年齢になってしまったから、世の中のためにはもう何もできないよ。歳をとるということは、とても寂しいことだと思っているよ。お父さんも内山のおばちゃんも、もういなくなってしまったしね」

と清は答えた。

一方では、認知症で本人が悩まされていた。

「夏海さん、何とかしてほしいんだけどね」

「どうしたんですか」

「あのね。このごろ夜中になるとね。猫が二匹この部屋にやって来るんだよ」

清のいうことを頷きながらきいた。

「どんな猫なんですか」

「それがね三毛猫と白い猫でね。その二匹が夜中になるとあのドアから入ってくるんだよ。三毛猫は私のベッドの下で寝るんだよ。白いのは、ドアのところで寝るんだがね」

清は真面目な顔でいった。

「その猫たちは何か悪さをするんですか」

「悪いことなんか何もしないよ。だけど、どうして夜中に私の部屋にやってくるのか訳が分からないんだよ」

清は理由を知りたいようであった。

「私もよく分からないけど、お義母さんを守りにきているのかもしれないわね」

と夏海がいうと清は安心したように応えた。

「そうだね。私一人では寂しいしね」

清の言葉に夏海は胸がいっぱいになった。

遼一にその話をした時、遼一がいった。

「おふくろは寂しかったと思うな。ぼくがもっと優しくしなければいけなかったんだろうね」

八月の慰霊祭から数日後、遼一はテーブルの隅に置いたままになっていた苑からもらった書物を所在なげにぱらぱらと広げていた。そして、そこに、遼一が解雇撤回闘争をしていた時に熱心に支援してくれ、早朝校門に駆けつけてくれていた川原正治という名前が記されているのを目にしたのである。川原は遼一の実家からそう遠くない地域に住んでいたことを思い出した。彼は遼一の学校の近くの私学の教員を数年した後、公立に移り養護学校で教員をしていたのであった。

遼一は、物置の本棚から、古い住所録を探して、川原の住所を見つけた。確かに遼一の実家近くの住所だった。電話番号を確認し、メモをした。

すぐに電話しようと思ったが、あまり突然に電話することは躊躇され、二、三日そのままにしておいた。

川原は遼一より四、五歳年下だったことも思い出していた。もう、定年退職しているはずだと思った。それで月曜日の午前中に思い切って電話をした。

「川原さんのお宅でしょうか」

「そうですが」

男性の声が応じた。

「私は溝口という者ですが、川原正治さんはご在宅でしょうか」

遼一がいうと、川原はすぐに誰か分かったのである。

「あの、解雇撤回闘争をされた溝口さんですか。ずいぶん長い間、ご無沙汰しています。解雇を撤回されたときいてよかったと思っていました。御挨拶もしないままになっていました。やあ、嬉しいとしかいえません」

と川原は声を弾ませていった。

「こちらこそ、あの折は本当にお世話になりながら、ちゃんとした御挨拶もしないできてしまいました。本当に申しわけなく思っていますよ」

遼一が恐縮した口調で話した後、続けていった。

「住所も近いようですし、一度お会いしたいのですが、いかがでしょうか」

「ああ、いいですね。私は、退職しましたが、その後、相変わらず、いろいろやっていましてね。水曜日の午後でしたら、大丈夫なんですが、それでどうでしょうか」

川原はいって、午後一時ということで、会う場所は遼一も立ち寄ったことのある洒落たレストランに決めてくれた。

川原は共働きで女の子と男の子がいた。遼一は彼の子どもたちがまだ、幼児だったころの姿しか思い出せなかった。その二人の子どもたちを連れて川原がデモなどに参加していたことも思い出していた。

翌々日、遼一は約束をしたレストランに出掛けた。川原はすでに来ていた、遼一が店の中に入ると立ち上がって右手をあげていった。

「溝口さん、こちらです」

「やあ、何十年振りということですね。でもすぐに分かりましたよ」

川原と向き合って座った遼一がいった。

川原は中背でほっそりとしており、髪は白髪交じりではあったが、ふさふさしていたので、年齢よりかなり若く見えた。

「昼間からなんなんですが、ビールで乾杯ということでよろしいですか」

と川原が店のウエイターにビールと軽いつまみを頼んだ。平日の午後だったので、女性客のグループが数組いて、隅の方で男性が一人、新聞を読みながら、コーヒーを飲んでいた。

運ばれてきたビールで二人は乾杯をした。

「いやあ、一昨日の電話には驚きましたよ。まさか、あの溝口さんからだとは、夢にも思いませんでしたね。うれしかったですよ」

ビールを飲みながら川原に遼一が話した。

「実はおふくろが四月に九十四歳で亡くなりましてね。最期の二年数カ月は草笛乃苑に入所していたんですよ。それでこの八月初めに、慰霊祭があって出掛けたんです。そして、帰りに苑の十五年を振り返ってという本を見ましたら、川原さんの名前が手記と共に載っていたんですね」

川原は、あの老人ホームに溝口さんのお母さんが入所されていたことを知らなかったと話した後、付け加えた。

「あのころはああいう施設が少なくてね、何とかしないと、遠い施設に入るしかなかったんですよ。それも多額な入居金がかかる有料老人ホームが多くてね」

それで川原は地域の住民だったし、東京に住んでいた親たちの将来のことも考えて、あの周辺に住んでいる人たちのためにはぜひとも必要だと思って、草笛乃苑の建設のために署名活動やカンパ集めなどできることは何でもやろうと考えて、地域の仲間たちや住民ぐるみの運動を起こしたということだった。

「ぼくは職場も大切だと思っていましたが、自分の住んでいる家の周囲の問題に凄く関心がありましてね」

川原は遼一にいってさらに続けた。

「人生が長くなって、定年後戻る地域をしっかり作っておかないと、その後の時間が悲惨になるとずっと考えていましたよ」

「そうですね。私はそういうことを余り考えないで来てしまいましたよ。七十も過ぎてようやく、この後、何ができるか悶々としているという訳なんです」

遼一がいった。

「ほとんどの人たちが、現役時代、忙し過ぎて、職場の活動で精いっぱいだったと思います。ぼくも最初はそうでした。でも息子と娘がいて妻も公務員として働いていたので、保育園がないとどうしようもなかったんですよ」

川原は自分の母親に頼んで子どもたちの面倒を見る手伝いをしてもらったこともあったが、二人の孫の面倒を一日中見るということは、どだい無理であった。共働きを続けるためには、どうしても保育園が必要だと思った。そのことがきっかけで地域活動をするようになったと説明した。何度も何度も役所に足を運んだが、なかなか思うようにことが運ばなかったが、結局保育園はできたといった。

「役所というのは、住民サービス最優先なんていっているけど、結局は国の方針に沿ってしかサービスをしない。その国の政策が住民の方を向いていないんだから、こちらは闘うしかないんですよ。そうすると面倒をおこしたくないのでちょっと動くという訳です」

遼一は自分自身の体験からも、川原のいっていることがよく分かった。

労働組合法という法律で保障されている労働者の権利の侵害がしばしば起こっている。労働者の権利として労働組合法は絵に描いた餅のようなものであり、労働者が黙っていれば、とんでもない不利益がふりかかるという現実があった。なお、法律を作ったり、変えたりすることも時の権力を握ったところでは、一見多数決で民主的であるというポーズをとっているが、実際は内容が酷い。

「大体が、選挙区制だって、多数党に都合のいいように作ってしまうんですから。ゲリマンダというやり方ですよ。十九世紀のアメリカのやり方を通すんですからね」

川原は熱を込めて話した。

「そういえば、最近散歩していて思うんですけど、商店街が廃れていて、驚いていますよ。規制緩和といえば、いいことのようにきこえたのが、結局は、地元の商店を潰すためのものだったとこのごろ思いますよ」

遼一がいった。

遼一は特に近くの酒屋が二軒、そしてもう一軒と三軒も潰れてしまって、シャッターが下ろされていたことに驚いていた。

「労働者派遣法だってそうですよ。製造業にまで、緩和をするとどんな弊害をもたらすかということを分かっていてやったんですよ」

川原は怒りを込めていった。

彼の娘の連れ合いも、就職氷河期の最中にしかたなく派遣社員になったが、派遣切りにあって失業中だといった。娘たち家族は大変なのだが、娘が看護師として正規職員で働いているから何とかやっているということであった。

遼一は川原の話をききながら、自分が定年退職後、安閑と過ごしてしまっていたことを恥ずかしく思っていた。これから、自分がやらなければならない大切な任務があるということに気付かされたのである。

「私は、勤めていた職場で解雇されて、それを撤回し、定年まで勤めあげたので、充分やることはやってきたと思っていましたが、川原さんの話をきいて、目から鱗という気がしていますよ。気持ちが高揚してきました。闘いをずっとやり続けていかないと、この国は滅びますね。若者たちの未来を希望がもてるものにしていく闘いが残っているということなんですね」

と遼一は饒舌になっていた。

「同じように考えている仲間がぼくの周囲には沢山いるんですよ。飲み友達も含めてですがね。何しろ地域で長くいろいろとやってきましたからね」

川原は退職前よりも忙しいともいった。

遼一は定年退職してから、初めて今後自分のやらなければならないことの示唆を受けたと思っていた時、川原がいった。

「これから、時々連絡してもいいですか。ビラ撒きやハンドマイクを持ち出して駅前で演説をしたりすることもあるんですよ。慣れると結構ストレス解消になりますよ」

〈由らしむべし、知らしむべからず〉という言葉が『論語』の一節であり、原典では、人々の信頼に値する政治がされていることが前提になっていたという。専門が歴史であった川原が説明してくれた。その言葉が現代では、全く反対の意味で使われていることを遼一は知ったのである。

ビラやハンドマイクはそのために必要であるということも理解できた。何が起こっていて、どうしてそういう法律や規則が必要なのかを知らせていくことが、非常に大切な活動であると初めて分かったのであった。

奇しくも衆議院が七月に解散され、翌月末に総選挙が行われたのである。米国では半年前にすでにオバマが大統領に就任していた。

与党保守政権はかなりの危機感をもって、選挙運動を展開したが、結果は大敗に終わってしまった。非保守連立政権が十数年前に数カ月で崩壊し、さまざまな経緯の後、再び保守本流政権が与党の座についた。それが総選挙で大敗し、九月半ばに政権交代が行われた。

しかし、新政権はさまざまな国民の多数に耳触りのよいマニフェストといわれていた選挙公約を掲げて大勝したため、それらの公約を果たさなければならない立場に立った。しかし、前年度からの不況が、単なる不況にとどまらず、デフレの様相を呈し始めていた。マスコミには〈デフレスパイラル〉という言葉がおどるようになっていた。

「ねえ、いろんな品物がどうしてあんな値段で売れるのか分からないわ。あれじゃ、会社で働いている人たちの給料は出なくなってしまうんじゃないのかしら。つい最近、大きな納豆製造会社が倒産したというのよ」

午後、スーパーから帰った夏海がいった。

テレビ画面では、〈事業仕分け〉の模様が報道されていた。新政権の議員や経済の専門家たちが、申請されている予算を削るために丁々発止のやり取りをしていた。企業収益が悪化し、法人税が大幅に減る一方で、雇用調整の結果、所得税もかなり減ることになった。当初四十兆円以上と予想されていた税収が大幅に割り込むことが避けられない状況になっていることも報じられていた。また、すさまじい大不況の下で失業者が増え、雇用保険からの失業手当金や、生活保護費などの支出が増えることは明らかであった。

「大変な状況になったもんだ」

テレビに見入っていた遼一がいった。

その時、電話が鳴って、夏海がでた。

「川原といいますが、溝口遼一さんのお宅ですね。遼一さんをお願いします」

夏海が電話を遼一に取り継いだ。

川原と会ってから、何度か遼一が地域の仲間たちと、駅前でビラを撒いたり、ハンドマイクの手伝いをしたりしていた。

総選挙が終わってからも、川原から遼一に、たびたび電話がかかるようになっていた。

遼一は、川原の抱えていた自主的な任務の一部であるさまざまな生活相談会にも参加していた。子どものこと、老人のこと、障がい者のこと、仕事のことなど、相談内容は多種多様、多岐にわたっていた。

川原はすぐに解決しようと思わなくてもよいから、ともかく相談者の話を丁寧に丁寧に聞いて、本人が本心でどうしてほしいと考えているのかをきちんとき取って、のちほどそれを本人の具体的表現を再現して克明にノートに書き込んでおいてほしいといったのである。

その後、元弁護士や税理や教育の専門家なども加わったメンバーで会議をもち、一つ一つの相談内容にどう対応するかという話し合いをもって検討することにしているといった。どこにどう働きかければいいのかということを明確にして、一歩でも半歩でも、相談者に応えていくことを目指していると説明してくれたのである。そして、相談者に取り組みの経緯をできるだけ分かりやすく説明していくというのである。

「これから出られますか。駅前のビラ撒きと相談会があるんですが」

「大丈夫です」

遼一は川原さんのところに行くから遅くなるかもしれないが、と夏海にいって電動自転車に乗って元気よく出掛けて行った。

夏海はこの地域に住むようになってから、居住者の目で周囲を見るようになっていた。町内会があったが、特別何かをするという組織ではなかった。年に二回のクリーンデーには、回覧板を回す範囲の班ごとに、近所の道路のゴミを拾ったり、空き地の草むしりをするのが大きな行事であり、その他は班単位でゴミを出す場所が決められており、市が細かく決めた、分別されたゴミが出されていた。

朝、八時半までに出すことも決まっていたのである。その時間少し前になると、数軒先に教員をしているという娘夫婦と住んでいる七十五、六歳の男性が出されたゴミをきちんと積みなおして整理していた。

夏海は、移り住んだころ、それはたまたまのことだと思っていたが、その人はほとんど毎日、黙々とゴミの袋やその他のゴミを丁寧に整理していた。雨の日は濡れないように、風の日は飛ばないようにといろいろ考えて作業をしていたのである。

そのことを夏海が話すと、遼一がいった。

「そうなんだよ。あの人は多分、校長先生だったんじゃないかと思うよ。このところ、ぼくがゴミを出すようになってからもよく会うから知っているよ」

それからは、二人はその人を〈先生〉と呼ぶようになり、遼一がゴミを出して帰ると夏海に報告するようになっていた。

「先生、今日もとても元気だったよ」

二人は〈先生〉がゴミ整理の後、自転車で出掛ける姿を何度か見ていた。自転車で散歩かもしれないと軽く考えていた。〈先生〉が、十年以上も前に亡くなった妻の墓参りに毎日出掛けていると隣人からきいたのは、ずっと後になってからだった。

遼一の家の隣には、夫を十数年前に亡くし、同じ敷地内に住む老父母の面倒を長い間看ていたが、九十歳代半ばで両親を相次いで亡くした七十歳過ぎの女性が一人で暮らしていた。毎日二軒の家を管理し、庭も季節ごとの花や木の手入れがされていて、いつも美しい花々が咲き、緑色の木の葉が輝いていた。

「あの人の笑顔をとても美しいと思うよ」

と遼一がいったことがあった。

「最近、あの人と話してみてよくわかったんだけど、自然の恵みに感謝して、黙々と丁寧に生きている人なの。人柄が美しいのよ。だからあなたのいうことよく分かる気がするわ」

遼一たちの家が属する班の中には、女性の一人暮らしの家が何軒かあった。また、六十歳を過ぎた鬱病の母親と軽い身体障がいのある三十代の息子が二人で暮らしているという家族があり、その親子が手を繋いで散歩している姿を時々見かけた。近隣に住む主婦たちが、さりげなく援助していた。

また、道路を挟んだ斜め前の家では、四十歳代の独身の息子が年老いた両親の介護をしていた。その裏の家では二十歳代の若い息子が就職できないまま、自宅で一日中パソコンに向かっているということだった。

二十軒ばかりの町内会の一つの班だったが、それぞれの家族がさまざまな現代社会の象徴的な問題を抱えて懸命に生活していることが徐々に分かってきた。

遼一も夏海もフルタイムで朝から夕方遅くまで働いていたころ、また、長かったマンション暮らしでは地域社会とは隔絶されていた。

しかし、自分たちが退職し、小さいながら地域の一戸建てに住んでみると、今まで目の前にあった覆いが取り除かれ、それまで見えなかった課題が、明るみに照らし出された。

「川原さんは若いころから地域の抱えている問題と丁寧に向き合ってきたんだね。先見の明があったんだな。ぼくは職場のことしか考えて来なかったから退職後、地域社会との向き合い方が分からなくなってしまったということだと思うよ」

遼一は、すでに富津の老人ホームの話を持ち込んできた当時の清の年齢になっていた。

遼一の言葉をきいて、夏海がいった。

「このごろ、向こう三軒両隣の人たちとのかかわりがとても大切に思えるのよ」

遼一は夏海のいっていることがよく理解できた。身近な地域の人たちが穏やかな気持ちで暮らせるために、自分にできることをこれからは本気で探していかなければならないと決意を新たにした。

「完」

平瀬誠一（ひらせ　せいいち）

1937年北海道生まれ　早稲田大学文学部卒業
1982年、『光の中に歩みいでよ』で日本共産党創立60周年記念文芸作品に入選
2000年、『鳥たちの影』で第32回多喜二・百合子賞受賞
私立高校で教えながら、教育問題に関する小説を多く執筆。

民主文学館

人《ひと》、立《た》ち枯《が》れず
2016年 4月15日　初版発行

著者／平瀬誠一
編集・発行／日本民主主義文学会
〒170-0005　東京都豊島区南大塚2-29-9　サンレックス202
TEL 03（5940）6335
発売／光陽出版社
〒162-0811　東京都新宿区築地町8
TEL 03（3268）7899
印刷・製本／株式会社光陽メディア

ISBN978-4-87662-594-9 C0093
